KB119792

가부장제의 경로를 이탈하였습니다

가부장제의 경로를
이탈하였습니다

초판 1쇄 인쇄 2022년 8월 30일 초판 1쇄 발행 2022년 9월 14일

지은이 아넴
펴낸이 이승현

편집1 본부장 한수미
컬처 팀장 박혜미
편집 박인애
디자인 이지선

펴낸곳 ㈜위즈덤하우스 출판등록 2000년 5월 23일 제13-1071호
주소 서울특별시 마포구 양화로 19 합정오피스빌딩 17층
전화 02) 2179-5600 홈페이지 www.wisdomhouse.co.kr

ⓒ 아넴, 2022

ISBN 979-11-6812-419-6 03810
KOMCA 승인필

구남친, 아니 구남편이 생겼다!

"야, 요즘 세상에 이혼은 흠도 아니야!"

주위에 이혼 소식을 알리고 제일 많이 들은 말입니다. 흠 그까짓 거 하나 더해져도 상관없다는 생각으로 1년 만에 결혼생활에 종지부를 찍고 돌아왔는데 다들 입을 모아 이혼은 흠도 아니라고 하니 이럴 줄 알았으면 더 빨리 이혼할 걸 그랬어요.

하지만 정말 이혼이 흠이 아니었다면 저런 위로도 필요하지 않았겠죠? 아쉽게도 현실에서 이혼은 여전히 흠이었습니다. 왜냐하면 제가 이혼 후에 여기저기에서 욕을 좀 많이 먹었거든요.

저는 이혼 후의 일상을 기록한, 일명 '이혼 브이로그'를 시작한 유튜버이기도 합니다. 그런데 유튜브 채널을 열고 욕이란 욕을 푸지게도 먹었습니다. 이혼한 주제에 부끄러운 줄도 모른다며, 조용히 살라고 말이죠. 하지만 시부모님 말도 안 들어먹은 전직 며느리가 그 말을 들을 리가요. 어림도 없죠! 게다가 지금은 이렇게 책까지 쓰고 있습니다. 저는 어쩌다가 이혼으로 영상이며 글을 만들고 쓰게 되었을까요?

그건 세상에 이혼에 대한 이야기가 터무니없이 적어서였습니다. 정확히 말하면 이혼에 대한 이야기는 많은데 하나같이 너무 극적이었어요. 이혼을 딛고 엄청난 성공을 이루었다거나 아니면 이혼으로 절망의 구렁텅이에 빠졌다고들 해요. 중간이 없었습니다.

중간 언저리만 기웃거리며 살아온 지극히 평범한 사람으로서 저는 양쪽이 모두 완전하게 와닿진 않았어요. 그래서 이혼을 고민할 때 더더욱 두려웠습니다. '대체 보통 사람들은 이혼하고 어떻게 사는 거야?'

뉴스에서는 높아지는 이혼율을 걱정합니다. 그 말

은 우리 주변에 이혼하는 사람들이 점점 많아지고 있다는 뜻이에요. 그런데 이상하게 제 주위에는 이혼한 사람이 보이지 않았어요. 특히나 제가 살고 있는 제주도는 전국 이혼율 1위를 자랑하는 곳인데도 말이죠! 다들 어디에 꼭꼭 숨어 있나요? 못 찾겠다 꾀꼬리입니다.

이혼을 고민할 당시, 평범한 이혼인들은 어떤 마음으로 살아가고, 또 어떻게 다시 일상을 회복해가는지 궁금했습니다. 어떻게 다시 사회로 돌아가고 언제쯤이면 이혼의 상처가 아무는지, 그런 지극히 현실적인 이야기들이요. 저도 그런 이야기들을 나누고 싶었습니다.

이 책에 담은 것처럼, 평범한 사람의 이혼은 그 이후도 평범합니다. 특별한 일은 없더라고요. 돈을 벌고, 가끔은 무기력에 빠지고, 책을 읽고, 영화를 보는, 평범한 일상의 연속이죠. 우울함에 절여져 방에 콕 박혀 살 줄 알았는데 그것도 아니었어요. 결혼생활 당시보다 친구들도 더 자주 만납니다. 엊그제도 친구와 신나게 수다를 떨었어요. 최근에 본 사주 썰을 풀면서 말이죠.

신기한 일이었으니까 여기서도 얘기해볼게요. 제가 사주를 보러 갔는데 글쎄, 거기서 제 결혼과 이혼을 시기까지 정확히 맞추더라고요! 신기하죠? 그런데 그분은 신기할 것 없대요. 저의 이혼은 예견된 일이었다고 합니다. 제가 겉으로 보기에는 순종적인데 속이 장군이라서 남자를 하시보는(제주 방언: 얕잡아 본다) 사주라서 그렇다나요?

그 얘기를 들은 친구는 그 철학관이 어디냐며 참 용하다더니만 이내 이런 말을 덧붙였습니다. 사주라는 게 옛날 학문이라 기가 세고, 남자를 하시본다고 했겠지만 요즘 시대에는 남자에게 의지하지 않는 당찬 사주라고 말이죠. 그 말을 들으니 어째 어깨에 힘이 좀 들어갔습니다. 멋지지 않나요? 가부장제 안에서는 남자를 하시보는 사람인데 가부장제를 벗어나면 당찬 여성이라니!

생각해보니 결혼하고 나서 갑자기 제가 흠이 많은 사람이 된 것은 다 이 가부장제라는 경로에 놓였기 때문이더라고요.

이 경로 안에서 저의 역할은 고정되어 있었어요. 남편과 같이 돈을 벌면서 남편 내조도 잘 해내고, 아들을 낳아 대를 잇고, 시부모님께 효도하는 순종적이고 조신한 아내, 엄마, 며느리라는 역할로요. 그런데 저는 타고

난 속이 장군이라잖아요? 그런 사람이 아니었습니다. 그래서 흠이 많은 사람이라고 함부로 대해졌어요.

한동안은 가부장제에서 규정하는 정체성에 맞추어 보려고 노력했습니다. 그리고 얼추 그렇게 되어가는 것도 같았어요. 그런데 가부장제에 속하는 아내와 며느리의 정체성을 갖출수록 저의 주체성은 흐려지더군요. 그래서 나 자신을 모두 잃기 전에 급하게 경로에서 이탈했습니다. 뒤도 안 돌아보고 뛰어나왔어요. 절대 돌아보지 않겠다, 이제까지 있었던 일은 영원히 잊어버리고 묻어버리겠다, 결심하면서요.

하지만 이번에 글을 쓰면서 어쩔 수 없이 묻어둔 기억을 꺼내어 보게 되었습니다. 잊고 싶었던 무례한 언사를 반추하고 복기하는 일이 고되었다고 고상하게 표현하고 싶지만, 솔직하게 말하자면 여러모로 단단히 빻은 쌉소리를 곱씹기란 (개)빡치는 일이었어요. 책에 쓰인 일부 에피소드에 더해 봉인 해제된 당시의 기억이 한 번에 쏟아져 내린 날엔, 그때로 다시 돌아간 듯한 생생한 감정이 들어 왈칵 눈물이 터지기도 했고요.

하지만 글을 다 쓰고 나니, 이 시간이 고루 빻았던 결혼생활의 시간들을 그러모아 잘 개어내는 과정이었다는 느낌이 들어요. 곱게 빻은 가루약을 잘 개어 먹은 것처럼 결혼과 이혼을 거치며 손상되었던 내면의 많은 것들이 이제는 많이 회복되었습니다.

저의 이 이야기가 이혼을 고민하거나 혹은 이혼으로 힘든 과정을 겪고 계신 분들께도 회복의 알약이 되었으면 좋겠습니다. 조금 더 욕심을 내어보자면 가부장제라는 경로 안에서 무언가를 잃고 있다는 마음이 드는 분들에게도 닿을 수 있기를 바랍니다. 가부장제에서 이탈했는데도 생각보다 순탄한, 이 잔잔한 일상을 담은 책이 각자의 가부장제에서 각자의 방법으로 경쾌하게 벗어날 수 있는 가벼운 용기가 되었으면 좋겠습니다.

그럼 이제 저의 '사서 고생' 가부장제 경로 이탈기를 시작해보겠습니다. 주위에 보이지는 않지만, 분명히 존재하는 옆집 언니 혹은 동생의 이혼담을 들어보시겠어요? 그러니까 일단 제가 왜 이혼을 하게 된 거냐면요…!

차례　　　

1부

며느라기 때려치우고
엄빠 집으로 돌아왔다

2부

이혼 이후 알게 된
진짜 나를 기르는 법

며느라기 때려치우고

엄빠 집으로 돌아왔다

가끔은 순간이

영원을

결정한다

수세미에 퐁퐁을 짜서 조물조물 비벼본다. 기름을 잔뜩 먹은 수세미 위에서 퐁퐁은 거품이 되지 못한 채 쪼르르 물에 씻겨 내려 사라진다.

'아, 빨리 끝내고 집에 가고 싶다.'

뜨거운 물로 다시 수세미부터 빨아본다. 내려앉은 열기에 온갖 음식 냄새가 들러붙어 역하게 훅 올라오고, 방심하다 들이마신 공기는 왈칵 눈물이 되어 눈가에 고인다. 몇 걸음 떨어진 거실에선 화기애애한 웃음소리가 난다.

서럽다. 너무 서럽다. 이제 눈물도 다 말라버린 줄 알았는데…. 그래도 온갖 설움에 짬이 좀 생겼는지 눈물을 떨구진 않는다. 대신 혀끝으로 가볍게 욕을 떨구며 다시 설거지통을 내려다본다. 끈적한 돼지기름이 설거지통 위를 둥둥 떠다닌다. '고기 올려놨던 접시를 그대로 담가놨네.' 덕분에 가볍게 씻을 수 있던 물컵마저 온통 기름 범벅이 되었다.

한숨을 푹 쉬다가 문득 깨닫는다. 이것이 지난 1년간의 내 결혼생활이구나. 누군가의 무신경함에 속절없이 기름때를 뒤집어써서 어느 하나 쉽게 씻어낼 수 없게 된 시간들. 나는 미끄덩거리는 그릇을 부시며 덤덤히 결심했다. 이혼하기로.

그날은 그해의 마지막 날이자 무척이나 추운 날이었다. 바닷가 동네라 눈이 쌓이는 지역이 아닌데도 드물게 눈이 쌓인 그런 날이었다. 여느 때처럼 새벽부터 일어나 출근 준비를 했다. 뜨거운 물에 몸을 녹여도 몸속의 한기는 빠져나갈 생각이 없는지 계속해서 몸이 떨려왔다.

단순히 추워서가 아니었다. 하긴 몇 달째 투잡을 뛴다고 하루도 쉬어본 적이 없으니 몸이 망가져도 이상할 게 없지. 퇴근 후에도 평소 같으면 집에 가서 서둘러 집안일을 했겠지만 그날은 도저히, 정말 도저히 그럴 힘이 없었다.

　남편의 가게로 갔다. 나의 죽상을 마주한 그는 오늘 저녁은 밖에서 맛있는 거 먹고 들어가서 푹 쉬자고 한다. 소주도 한잔하면서 지난 1년간 마음에 쌓아왔던 안 좋은 감정들도 다 털어내고 내년부터는 더 잘 살아보자는 말도 덧붙인다. 나는 금세 기분이 좋아진다.

　"그래, 오빠! 우리 오늘 그동안 속상했던 일 다 털어버리고 내일부터는 새 마음으로 진짜 잘 살아보자."

　우린 눈을 마주치며 웃었고, 슬슬 문 닫을 채비를 했다. 그때 드르륵, 가게 문이 열렸다.

　"오늘 저녁은 집에서 먹고 가라."
　―네.

　뭐지? 방금 우리가 한 얘기는 나 혼자 꾼 꿈인가? 당연한 듯한 시아버지의 명령과 찰나의 망설임도 없는 그의 대답에 차갑게 피가 식는다. 고민하는 척이라도 했으면 어떻게든 정신승리라도 해볼 텐데 이건 최소한의 성의도 없잖아?

저녁상은 푸짐했다. 고기 한 점에 얹을 말이 넘쳤다.

"너는 살이 왜 그렇게 빠지니?"
— 하하, 그러게요. (먹을 시간이 없어서요.)

"그게 다 집밥을 안 해 먹어서 그런 거다."
— 최대한 해 먹으려고 하고 있어요…. (투잡에 독박
살림하면서도 간간이 해 먹는데 매 끼니를 해 먹으라고 타박이
세요?)

"우리 아들은 왜 이렇게 계속 배가 나오니?"
— 하하, 그러게요. (잘 먹어서요.)

"그것도 다 네가 집밥을 안 해 먹어서 그런 거다."
— ….

무엇을 삼켜낸 건지 모를 저녁 식사를 마치고 혼자
설거지통 앞에 섰을 때는 우리가 잘 살아보자고 말했던

**며느라기 때려치우고
엄빠 집으로 돌아왔다**

내년을 고작 몇 걸음 남겨둔 시간이었다. 그 시간 앞에서 우리는 소주 한 잔에 과거를 털지 못했고, 다음 한 잔에 새로이 결심하지 못했다.

대신 우리의 결혼생활이 얼마나 찐득한 무언가에 뒤덮였는지 눈으로, 코로, 피부로 감각했고 나는 혼자 전혀 다른 결심을 새로이 했다. 몇 시간 전 마주 보며 나눈 꿈 같은 웃음을 마지막으로, 우리는 얼마간 차갑게 냉소를 나누다 오래 지나지 않아 헤어졌다.

이혼 후 나는 가끔 혼자 물었다. 그날의 "네"가 아니었다면 우린 아직 결혼생활을 유지하고 있었을까?

어느 날 이혼하고도 가끔 연락이 닿았던 구남편이 말했다. 적어도 그날만큼은 "네"라고 하지 말았어야 했다고.

어차피 이혼까지 한 거 잠시 막 살겠습니다

부모님께 이혼 통보를 날렸을 때 아빠는 나에게 그 무엇도 묻지 않고 이렇게 말했다.

"바로 짐 싸서 나와. 요즘 세상에 시집살이하면서 사는 여자 없고, 그렇다 하더라도 우리 딸이 그렇게 살 필요 없어. 너 한 몸 스스로 먹여 살리지 못하게 키우지도 않았고, 부족해도 능력 쌓을 때까지 아빠가 지원해줄 테니 그냥 나와. 그럼 얘기 끝!"

**며느라기 때려치우고
엄빠 집으로 돌아왔다**

든든한 아빠의 말에 왈칵 눈물이 쏟아졌다. 눈물이 어찌나 콸콸 쏟아지던지 아빠에게 하고 싶은 말이 있었는데 주체할 수 없이 흐르는 눈물을 닦아내느라 마음으로 외치는 수밖에 없었다.

'아빠… 아빠가 그렇게 키우지는 않았는데 내가 그렇게 커버렸어…. 어쩌다 보니 그렇게 됐네. 근데… 능력 쌓을 때까지 지원해주겠다는 말 제발 잊지 말아줘. 제발… 고마워….'

나는 어떻게든 이 말을 입 밖으로 꺼냈어야 했다. 아니, 카톡으로라도 보냈어야 했다. 아빠는 내 생각보다도 빨리, 어쩌면 말을 꺼냄과 동시에 그 말을 잊었는지도 모르겠다. 그러나 고정 지출은 나를 잊지 않았다.

결혼 전의 나였으면 아빠에게 우리의 약속을 잊은 거냐며 물었겠지만, 이혼은 내 허락도 없이 나에게 염치라는 개념을 주입했기에 나는 목구멍까지 차오른 "아빠!"를 삼키고 현실을 직시하기로 했다.

돈. 돈을 벌어야 했다. 어쩌면 아빠가 말했던 능력이 나의 어딘가에 진짜로 숨어 있을지도 모른다. 나는 그렇게 마지못해 마른걸레 짜듯 내 안에 남아 있는 재주를 쥐어짜 돈 벌 궁리를 적어 내려갔다.

1. 전에 일하던 회사에 다시 들어간다

경제적으로도 정신적으로도 개털이 된 이혼인에게 가장 필요한 건 고정적인 수입과 사회적 인정이다. 회사 생활은 이 두 가지를 충족시켜줄 것이다. 다행히 전에 일하던 업계에서 연락이 오고 있었다. 할 줄 아는 말이 '아 넵'뿐이던 바보 같은 과거의 내가 더 바보 같은 현재의 나에게 던져주는 동아줄일까? 단박에 오케이하고 그 줄을 잡으면 자연스럽게 결혼 전의 삶 언저리로는 돌아갈 수 있을 것이다.

근데 이제는 자신이 없어졌다. 일을 그만둔 후에도 나에게 일자리 제안이 들어왔던 건 영혼을 팔면서 일했기 때문이다. 하지만 지금 나의 영혼은 어디에 내놓기 부끄러울 정도로 심하게 훼손되었고 그 빈틈으로는 자격지심과 자의식 과잉이 자리를 틀었다. 이혼을 겪은 나는 사람들 속에서 의연할 수 있을까? 그들의 친절한 배려를 동정으로 비뚤게 받아들이지 않을 자신이 있나? 내가 민폐를 끼치고 있는 건 아닌지 위축되진 않을까?

함께 일했던 사람들 얼굴을 하나하나 떠올리다 보니 퇴사했던 날이 떠오른다. 다시는 이 업계에 발도 들이지 않겠다며 입방정을 떨던 내 모습도 함께 떠오른다. 아, 과거의 나여… 동료의 부러움을 사며 나가 놓고선 이혼하고 돌아오는 꼴이라니. 이거 이거 아무래도 영 모양이 빠진다. 이런 잡생각을 하는 걸 보니 아직 배가 덜 고팠나 보다. 다음 옵션을 찾아보자.

2. 공공기관 계약직으로 일하면서 다음 일을 준비한다

백수 시절, 명분 챙기기용으로 이런저런 자격증을 따두었다. 시작부터 쎄하던 결혼생활을 하면서 늘 이혼을 염두에 두었기 때문에 2년이면 만료되는 어학 자격증도 시집살이 와중에 갱신해놨다. 토익, 토스, 한국사, 한국어, 컴퓨터, 금융, 회계 등 잡다한 자격증과 공공기관 인턴 경험이 있으니 적어도 서류 전형은 통과할 수 있으리라. 때마침 기혼이던 시절 어머님의 밥 타령을 피해 기간제로 몸을 담았던 기관에서 계약직 자리를 제안해주었다. 1년 정도 계약직으로 일하면서 공무원 시험을 준비하거나 다른 일을 찾아보는 것도 괜찮겠다.

3. 근데 솔직히 나는 그냥 지금 내 삶, 내 인생 자체가 너무 지겹다

인생이 망했다는 생각이야 이전에도 종종 들었지만 이혼을 하고 돌아온 지금은 차원이 다르다. 이제까지는 좀 망한 것 같다는 기분이 들면 '뭐라도 해야 해!'라는 생각으로 발을 동동 굴렀는데, 지금은 더 이상 잃을 게 없어서 그런지 '될 대로 되라지. 설마 죽기야 하겠냐'라며 배 째라는 식이다.

잃을 것 없는 바로 지금이 새로운 것을 시작하기 가장 좋을 때가 아닐까 싶다가도 '아, 모르겠다. 시작이고 나발이고 좀 쉬고 싶다. 나도 이제는 즐거워지고 싶다…'라는 데 생각이 미치자 나는 적어놓은 글 위에 엑스를 벅벅 긋고 새로운 페이지로 넘겨 숫자를 적어 내려갔다.

'남아 있는 돈이 얼마더라? 쓸 수 있는 돈을 열두 달로 나누면… 음, 한 달에 이 정도 돈은 쓸 수 있겠다!' 그리고 최대한 일하지 않기 위해 합리화를 시작했다.

　'그래, 나를 먹여 살릴 능력이 쥐꼬리라면 까짓것 쥐꼬리만 한 능력에 맞춰 덜 먹고 살면 되지. 어차피 이혼하고 입맛도 뚝 떨어져서 지금은 아메리카노 한 잔으로 하루 버티기도 가능하잖아? 아빠가 말한 재주가 1안과 2안이 아닌 어딘가에 있을지도 몰라. 남은 돈으로 입에 풀칠하는 동안 이것저것 해보면서 다른 재주를 찾아보자. 해보고 안 되면 접고, 또 해보고 안 되면 또 접으면 그만이야. 그러다 진짜 아니다 싶으면 그때 다시 내가 살던 대로 살면 돼! 천천히 생각하자, 천천히. 설마 굶어 죽기야 하겠어?'

　그렇게 합리화에 나를 맡기는 동안 내 안에 용기가 생겼다. 막 살 용기가.

　그 용기를 가지고 나는 안 하던 짓을 시작했다. 블로그를 열었고 이틀에 걸쳐 글을 썼다. 지루했다. 막 사는 놈이 지루함을 참아가면서 사는 건 본 적이 없다. 바로 접었다. '또 뭐 할까?' 하다가 누구나 한 번쯤 한다는 유튜버가 되는 상상을 했다. 그때부터 장장 3주에 걸쳐 3분짜리 영상 하나를 만들어냈다. 재밌었다. 완성된 영상을 보니 뿌듯했다. 근데 이거 어디 내놓으려니 좀 부끄럽긴 하다. '남들이 보기에는 좀 그런 내용인가?' 싶어 망설이다가 '뭐 어때! 막 사는 놈이 그런 거 생각하며 사냐?' 하며 두 눈 딱 감고 업로드 버튼을 눌렀다.

누군가 봐줬으면 하면서도 동시에 아무도 보지 않았으면 하는 마음과 함께 유튜브 세상에 나의 첫 영상이 올라갔다.

제목: 이혼 브이로그 #1.
그동안 더러웠고 다신 만나지 말자!

취미는 가드닝

곧 죽어도

내가 이혼한 후 큰언니는 갑자기 심리상담가 행세를 하기 시작했다. 자기가 봤을 때 나의 심리상태가 좋지 않다는 것이다. 나…? 뭐, 딱히…?

하지만 언니는 내 말은 귓등으로 들으며 심리 회복을 위한 처방을 읊었다. 내용은 이러했다. 주말마다 언니네 집으로 가서 낮부터 저녁 먹기 전까지 가드닝을 하고, 맛있는 저녁에 술 한잔을 곁들인 뒤, 푹 자고 일어나 다음 날 또 이 루틴을 반복하는 것. 와, 정말이지 전혀 구미가 당기지 않는 제안이었다.

심드렁한 나의 반응에 언니는 가드닝이 얼마나 재밌고 정신건강에 좋은 일인지는 해봐야 안다며 두툼한 목장갑과 호미를 내 손에 쥐여주었다. 가드닝인데 호미는 왜…? 언니는 가드닝의 가장 핵심은 바로 이것이라며 잡초 뽑는 법을 알려주기 시작했다. 저기요, 장난하세요? 이건 농활이잖아요!

언니는 꿋꿋하게 잡초 뽑는 법을 알려주면서도 곧 죽어도 잡초 뽑기 대신 가드닝이라는 말을 고수했다. 풀 밭을 매는 노동을 가드닝으로 고급스럽게 포장해 동생의 노동력을 착취하려는 의도가 뻔히 보이는 어휘 선택이었다. 나는 잡초 뽑기고 가드닝이고 다 귀찮았지만, 얼마나 일손이 부족하면 내 손을 빌릴까 싶어 밥값이나 하자는 마음으로 호미를 들고 쪼그려 앉았다.

언니가 말해준 방법대로 왼손으로 잡초를 싹 눕힌 뒤 뿌리 부분을 호미로 파서 힘 있게 쭉 뽑았다. 쏙 하고 깔끔하게 뿌리가 뽑힐 때의 느낌이 좋았다. 족집게로 왕건이 피지를 뽑았을 때와 비슷한 쾌감이었는데, 이런 의미에서 언니네 마당은 쾌감의 노다지였다.

신나서 뽑다가 손목이 아파오고, 쪼그려 앉았던 다리가 달달 떨릴 때쯤 속도를 늦추고 천천히 땅을 톺아보았다. 그러고 보니 땅은 밟고만 살았지, 이렇게 오래도록 보고 만진 건 처음이었다. 내 발밑에는 또 다른 세상이 있었다. 나는 이 새로운 세계에 점점 빠져들었다.

지렁이의 세계

땅을 파다 보면 아주 작은 개미군단부터 다리털까지 선명하게 보이는 이름 모를 커다란 벌레들까지, 다양한 생명체들과 마주치게 된다. 이들은 작지만 존재감이 확실하다. 가끔은 개미가 다리를 타고 올라와 물 때도 있고 (모기에 물렸을 때보다 더 후유증이 크다), 파리 구더기 같은 것들은 눈을 질끈 감게 하는 징그러운 모습을 뽐낸다.

파리 구더기가 있다면 파리도 있는 게 당연하다. 파리는 집요하게 성가신 놈이다. 내가 파리였다면 자기보다 몸집이 수백, 수천 배는 큰 다른 동물에게 그렇게 덤비지 않을 것 같은데, 이것들은 간덩이가 배 밖으로 나온 건지 꼭 얼굴 근처에서 깝죽거리며 당장 내 영역에서 썩 꺼지라는 듯이 앵앵거린다.

손으로 몇 번 휘휘 쫓아내다 결국 내가 지고 자리를 뜬다. 쪼끄만 것들이 성질머리가 대단하다. 이런 성질이 더럽고, 징그럽고, 사람을 무는 벌레들과는 달리 이 땅에는 아주 점잖은 신사가 있다. 바로 지렁이다.

통통한 지렁이는 생긴 것부터 귀엽다. 땅을 파다가 지렁이가 보이면 나는 유심히 바라본다. 지렁이는 뼈도 없고 다리도 없는 흐물흐물한 몸으로 용케 머리를 들이 밀어 땅속으로 다시 들어가는데 그 속도가 아주 느리면서도 또 빠르다. 멈춰 있는 것 같다가도 어느새 땅속으로 쏙 사라진다. 신묘하기 그지없다.

발음도 부드럽게 구불거리는 지렁이는 제주 방언으로는 '지룡이'라 부른다. 또한 신기하게도 이 지룡이는 한자로 지룡(地龍), 즉 땅의 용이라는 힘 있는 뜻을 가지고 있단다. 용…? 하늘을 나는 용을 생각할 때 떠오르는 이미지와 지렁이의 생김새의 간극은 솔직하게 말하자면 나와 앤젤리나 졸리만큼 멀다.

용은 생김새부터가 용답다. 사슴의 뿔, 낙타의 머리, 매의 발톱, 호랑이의 주먹 등 멋져 보이는 건 다 갖다 붙인 용은 외모에서부터 카리스마가 흐른다. 거기에 신통력을 주는 여의주라는 보물을 가지고 있어 하늘을 날 수도, 불을 뿜을 수도, 호풍환우(바람과 비를 불러일으킴)를 할 수도 있다.

그에 반해 잉어의 비늘이나 용수철 같은 수염도 없는 매끈한 대머리인 땅의 용은 여의주 같은 보물은커녕, 누군가의 공격에 대항할 수 있는 최소한의 방어 수단도 없이 먹이사슬의 가장 아래에 위치한다.

그러나 지룡은 가장 낮은 곳에서 맨몸으로 묵묵히 땅을 일구며 토양을 비옥하게 한다. 이런 지렁이를 보고 있자면 마음이 짠해지는 동시에 가상의 세계에 존재하는 용에게서 느껴지는 권위적인 신성함이 아닌, 같은 땅에 적을 두고 살아가는 존재의 무해함과 유익함에서 뿜어나오는 소박하지만 단단한 신성함이 느껴진다. 어쨌든 너도 용은 용이구나 싶다.

민들레의 세계

언니네 집 마당에 난 민들레는 일편단심 민들레가 아니라 종횡무진 민들레다. 흔히 말하는 일편단심 민들레는 우리나라 토종 민들레로, 같은 종끼리만 수분(受粉)을 한다. 그 덕에 일편단심이라는 타이틀을 얻게 되긴 했지만, 한편으로는 그러한 이유로 자가수분이 가능한 서양민들레의 번식력에 밀려 이제는 찾기가 어려워졌다.

언니네 집 마당에 핀 민들레는 바로 이 어마무시한 번식력을 가진 서양민들레다.

서양민들레는 진짜 골때리는 녀석이다. 여리여리한 꽃송이와는 다르게 뿌리가 무슨 인삼이라도 되는 양 굵다. 말 못 하는 식물이지만 절대 뽑히지 않겠다는 의지를 그 두꺼운 다리로 대신한다. 비가 온 뒤 땅이 무르면 잡초 뽑기가 한결 수월해져 한 손으로 톡톡 뽑아낼 수 있는데 민들레는 열외다. 땅이 무르거나 말거나 민들레를 뽑으려면 호미질을 해야 한다. 손이 가는 녀석이다.

이렇게 사람을 고되게 하는 민들레는 '종'으로는 굳건하게 뿌리를 내리면서 동시에 '횡'으로는 팔랑팔랑 영역을 넓힌다. 조카가 재미로 후 하고 불 때, 강아지가 뛰어다니다가 툭 하고 칠 때, 제주의 강한 바람이 펄럭펄럭 불 때, 민들레 씨앗은 기다렸다는 듯이 사방으로 날아간다.

이런 골때리는 민들레를 뽑을 때면 생각한다. 나는 이것을 꼭 뽑아야 하는가? 사실 민들레는 꽃잎에서 뿌리까지 버릴 것 없는 약초다. 토종민들레의 효능은 동의보감에도 나온다. 여러 염증 질환에 좋고, 열을 내리고, 독소를 풀어주고, 종기처럼 뭉친 것을 풀어주고, 고름을 배출해준다고 한다. 서양민들레도 마찬가지다. 고대 로마에서는 납중독에 걸린 로마인의 간 치료제로도 쓰였다고 한다. 동서를 막론하고 민들레는 약초로, 차로, 샐러드나 무침으로, 딱딱하게 말린 뿌리는 설치류의 이갈이 간식으로도 쓰인다. 쓰임에 있어서도 종횡무진이다.

이렇게 민들레는 따로 떨어져 보면 괜찮은 녀석이지만 그럼에도 나는 뽑아야 한다. 아무리 제가 잘났어도 이 마당에서는 잔디와 다른 작물의 성장을 방해하는 잡초일 뿐이기 때문이다.

그렇다면 민들레가 잡초가 될지 약초가 될지는 뿌리내린 땅이 어딘지에 따라 결정되는 것일까? 결혼생활을 하는 동안의 내 모습과 어쩐지 비슷해 보인다. 남편이라는 작물의 성장을 돕지 못하고 저만 잘났다고 뻗대는 골때리는 민들레. 더 커버리기 전에 얼른 뽑아버려야 하는 천덕꾸러기 민들레.

그렇게 생각하니 내가 민들레였다면 분명 이 땅에서 잡초 취급이나 받으며 뭇매를 맞기보다는 깔끔하게 뿌리 뽑히는 편을 선택할 것이라는 확신이 들었다. 다음엔 민들레무침을 좋아하는 집 마당에 피어나기를 바라며

잡초 뽑고

저녁에 마신 술

깔끔하게 뿌리까지 뽑아냈다. 내 마음까지 시원해지는 기분이 든다.

이런 생각을 하다 보니 어느덧 저녁 시간이 되었다. 언니가 한 말은 틀린 게 없었다. 그날 저녁, 나는 고된 노동 후의 저녁을 아주 맛있게 먹었고 머리가 닿자마자 바로 잠이 들었다. 입맛과 불면증을 한 방에 잡았다. 해봐야 재미를 안다는 것도 맞는 말이었다. 나는 다음 날도 골골거리면서 다시 호미를 들고 밖으로 나갔다. 그다음 주도, 그 다다음 주도.

그렇게 마당을 몇 바퀴나 돌았고, 뽑은 잡초의 양은 상당했다. 뽑은 잡초들은 마당 한편에 모아뒀는데, 시간이 지나 퇴비가 되어 지금은 다시 땅으로 돌아가 양분이 되었다. 양분을 빨아먹던 것들이 시간을 등에 업고 스스로가 양분이 되는 시스템이라니. 시간을 두고 발견한 잡초의 세계다.

이렇게 새로운 세계를 발견하는 재미가 쏠쏠해 이제는 별일이 없어도 언니와 함께 잡초를 뽑으러 나간다. 잡초를 뽑는 김에 옆에 심긴 꽃 이름도 외워보고(요즘 꽃들은 왜 이렇게 이름이 어렵고 긴 건지), 작물이 자라는 모습을 구경하기도 한다. 요즘은 날이 더워 토마토가 익고 있는데 하루 사이에도 성큼 색이 달라지는 걸 보면 신기하고 기특하다. 이쯤 되면 취미의 영역에 슬쩍 가드닝이라는 이름을 올려도 될 것 같다. 물론 꽃씨 한 번 심어본 적이 없지만, 내가 할 줄 아는 거라곤 잡초 뽑기뿐이지만! 그래도 내 취미는 곧 죽어도 가드닝, 가드닝이다.

**며느라기 때려치우고
엄빠 집으로 돌아왔다**

언니, 랜찮아요!

줄곧 말라깽이라는 소리만 듣고 살아서 고3이 되어도 내가 살이 찔 거라고는 생각도 못 했다. 매일 밤 떡볶이와 칙촉 한 상자, 투게 더 아이스크림 한 통을 먹고 자면서도 살이 찔 거란 생각을 못 했다니. 이런 머리로 공부를 했으니 딱히 성적이 좋을 리가 없었으나, 그럼 에도 야식만큼은 다른 고3 수험생에 뒤지지 않게 꼬박꼬박 잘도 챙겨먹었다.

교복 치마가 점점 끼는 것 같았지만 살은 대학 가면 다 빠진다는 엄마의 말을 부적 삼아 마음 놓고 즐겁게 먹어댔고 졸업할 때쯤엔 10킬로그램이 쪄 있었다. 하지 만 심각하게 생각하진 않았다. 대학만 들어가면 다 빠질 테니까.

대학 입학 후 두 학기가 지나갔고 벌써 겨울방학이다. 대학에 들어가면 살이 빠진다는 건 좋은 대학에 들어간 경우에만 해당되는 것일까? 나의 살들은 '다'는 커녕 '하나'도 빠지지 않았다. 뱃살을 꼬집으며 '켄터키 후랑크 쫀쫀해요. 빠방'을 하고 있던 나에게 언니는 방학이 적기라며 같이 다이어트를 하자고 꼬셨다. 물론 난 단번에 거절했다. 자연스럽게 살이 빠질 시간이 아직 3년이나 남았는데 굳이 사서 고생할 필요는 없으니까.

난 안 하잰! 나중에 빠지겠지
＊ 난 안 할래! 나중에 빠지겠지

하지만 언니는 그런 나의 안이한 태도에 나중은 무슨, 헛소리 말고 자기 몸을 보란다. 헙. 역시 백문이 불여일견이다. 대졸자임에도 한 치의 변함이 없는 언니의 몸은 미뤄서 될 게 아니라는 근거가 되었고, 우리는 함께 다이어트를 결심했다. 언니는 다이어트란 자고로 식이가 80이고, 운동이 20이라고 했다. 식이 80을 위해 우리는 고구마에 김치를 올려 푸지게 먹으면서 나머지 운동 20을 고민했다.

**며느라기 때려치우고
엄빠 집으로 돌아왔다**

야! 우리 무슨 운동하카?
* 야! 우리 무슨 운동할까?

게메이... 헬스?
* 그러게… 헬스?

너 헬스 안 해봤? 거 잘도 지루해
* 너 헬스 안 해봤어? 그거 아주 지루해

게믄 요가?
* 그럼 요가?

요가로는 살 안 빠져

게믄 킥복싱 닮은 거?
* 그럼 킥복싱 같은 거?

거는 땀이 너미 많이 나. 샤워실도 어실 거 닮은디
* 그건 땀이 너무 많이 나. 샤워실도 없을 것 같고

하여간 따지는 게 많다. 재미있으면서 땀도 안 나고, 살도 잘 빠지는 운동을 찾던 우리는 수영에서 답을 찾았다. 난 수영을 할 줄 몰랐지만, 그거야 뭐 배우면 되니까! 우리는 단걸음에 수영장으로 달려가 성인 초급반을 사이좋게 등록했다. 언니는 원래부터 수영을 좀 했던 터라 괜찮았는데 문제는 나였다. 나는 내가 물을 그렇게 무서워하는 줄 몰랐다. 물에 들어가는 것까지는 할 수 있었는데 귀가 물에 잠기도록 얼굴을 담그는 건 생각처럼 만만한 일이 아니었다.

노련한 선생님은 내가 보통 부족한 놈이 아님을 바로 알아차렸고, 옆 레인이 진짜 초급반이라며 거기서 기본기만 배우고 오자고 했다. 바로 옆 레인이요? 이쪽 레인 말씀이세요? 선생님이 말씀하신 바로 옆 레인에는 초딩들이 바글바글했다. 진짜 여기 맞아요?

그렇게 나는 스무 살에 어린이 수영 교실을 다니게 되었다. 스무 살이라는 나이는 조금 신기하다. 성인으로서의 첫해를 시작했을 뿐이면서 스스로를 어른이라고 가장 명징하게 생각하는 나이이기 때문이다. 서른보다 마흔에 더 가까운 나이가 된 지금도 나는 내가 어른이라는 사실이 어색한데, 그때의 나는 왜 그랬는지 나같이 건장한 어른이 초딩들과 함께 수업을 받아야 한다는 사실이 부끄러웠다. 심지어 이 친구들은 나보다 진도도 앞섰다. 킥판을 떼고 자유형을 배우기 시작한 초딩들과 물에 얼굴조차 담그지 못하는 나 사이에는 킥킥거리는 웃음의 파동만 일 뿐이었다.

　　나를 보며 웃는 몇몇 아이들에게 기가 죽었다. 아무래도 부분 환불을 알아봐야겠다고 생각하며 얼굴을 물에 담갔다 뺐다 하고 있는데 뒤에서 야무진 목소리가 들렸다.

　　"야! 너네 왜 웃어? 이 언니는 지금 처음이잖아! 언니, 괜찮아요! 나도 처음엔 그랬어요!"

　　또랑또랑한 목소리에 킥킥거리던 애들이 "아 뭐~" 하고 머쓱해하며 저쪽으로 멀어졌다. 바로 꼬리를 내리는 걸 보니 내가 아무래도 이 초딩 무리 중 짱의 마음을 사로잡은 것 같다. 나는 짱의 빽으로 어린이 수영 교실에 금세 적응해나갔다. 짱은 내가 잠수만 성공해도 격려를 아끼지 않았고, 킥판을 떼고 자유형에 성공하던 날엔 선생님보다 더 크게 박수 쳐주었다.

　　자유형으로 왕복 세 바퀴를 돌고 오라는 미션을 받고, 한 바퀴 반쯤 돈 지점에서 도저히 못 하겠다고 멈춰 섰을 때 뒤에서 발을 밀어준 것도 짱이었고, 고된 뺑뺑이에 수영장 물을 한 사발 들이마신 날, 탈의실에서 초콜릿을 나눠준 것도 짱이었다. 난 짱의 비호하에 근육과 폐활량을 늘려갔고, 두 달 만에 차곡차곡 찌워둔 10킬로그램을 말끔하게 씻어낼 수 있었다.

수영장 밖에서의 삶이 수영장과 비슷한 건 멀쩡히 앞으로 발차기를 하면서 나아가다가도 순간순간 물먹을 일들이 생기기 때문이다. 나도 남들처럼 취업이나 사회생활, 인간관계 등에서 크고 작게 물을 먹으며 그럭저럭 삶에 적응하며 살았다.

물을 먹는 건 여전히 괴로운 일이지만 그래도 위안이 되는 건 내 옆의 다른 사람도 다 비슷하게 물을 먹으며 산다는 사실이다. 나처럼 내 친구도 취업이 힘들었고, 나만큼 다른 동료도 회사 일이 버거웠으며, 나만큼 다른 사람도 억울한 일을 당한 경험이 있고, 나만큼 남들도 비슷한 걱정과 두려움을 안고 산다는 것. 그것은 '괜찮다'의 다른 표현이었다.

하지만 결혼으로 제대로 물을 먹었을 때 내 주위에 괜찮음은 없었다. 이혼율은 점점 높아진다는데 이혼한 사람들은 다 어디에 꽁꽁 숨어 있는 건지. 이래도 괜찮은 건지 가늠할 수 없는 곳에서 두려움을 극복할 의지도 가라앉았다.

근을 늘려가는 마음의 무게에 눌려 부지런한 발버둥
도 허우적거림에 지나지 않던 시간, 물속을 가르던 또랑
또랑한 짱의 목소리가 다시 나를 찾아왔다. 짱의 목소리
는 유튜브 스튜디오의 띠리링 알림에 맞춰 울렸다.

'괜찮아요, 언니! 여자가 살다 보면 이혼할 수도 있
죠'라고 대수롭지 않게 말하는 호탕함과 '이혼… 괜찮읍
니다. 100세 시대… 어찌 한 놈하고만 삽니까?' 하는 농
익은 유쾌함, '언니의 무기력까지도 응원해요'라는 뜨거
운 다정함까지. 나의 짱들은 시끌벅적하게 각양각색의
괜찮다는 위로로 나를 달랬고, 힘에 부쳐 멈출 때면 '언
니! 힘내요!'라며 어김없이 뒤에서 발을 밀어주었다.

나는 든든한 짱들의 응원 속에서 다시 한 번 일상을
유지해나갈 근육과 너절한 시간을 참아낼 폐활량을 늘
려갔고 무거웠던 마음을 내려놓을 수 있었다.

물먹기 급급했던 시간이 어느 정도 지나 숨을 쉴 여
유가 생긴 지금, 이제 나도 누군가의 짱이 되기 위해 이
곳저곳을 돌아다니며 언니들(아마 나이로 따지면 언니가 아

닌 경우가 많겠지만)에게 댓글을 남기는 새로운 취미활동을 하고 있다.

회원가입과 로그인을 극혐해서 인터넷 쇼핑도, 재밌는 글이 넘쳐난다는 커뮤니티 가입도 하지 않지만 누군가의 짱이 되기 위해 주저 없이 유튜브 계정과 네이버 아이디를 하나 더 만들었다. '좋아요' 하나에도 인색했던 나는 이제 여기저기서 하트를 날려대며 '왜 '좋아요'는 하나뿐인가요? 100개였음 100개 다 눌렀을 텐데!'라며 주접을 떨기도, '개웃곀ㅋㅋㅋㅋ'라며 방정맞은 폭소를 남기기도, '언니, 진짜 존멋이에요!'라며 멋짐의 최상급 표현을 보내기도, 진심을 눌러 담아 뚱뚱해진 응원 댓글을 남기기도 한다. 나도 나의 짱들처럼 누군가의 짱이 되었을까? 그건 모르겠다. 하지만 적어도 나는 하트를 누르고, 댓글을 남기는 순간마다 내가 짱이 됨을 느낀다. 선한 마음을 전한다는 것은 그것만으로도 기분이 짱이 되는 일이니까!

넘아, 그 축가를 부르지 마오

"신랑이 준비한 서프라이즈 축가가 있겠습니다!"

이제 드디어 결혼식이 끝나겠구나 하고 마음을 내려놓으려다 사회자의 말에 다시 정신이 번쩍 들었다.

'아니, 이게 뭔 소리야. 축가 안 하기로 했잖아?'

당황스러움이 고스란히 묻어난 나의 표정에 사회자는 신부가 정말 놀란 것 같다며 서프라이즈 이벤트 성공을 축하했고, 하객들의 웃음소리와 함께 내가 제일 좋아하는 김동률의 〈동행〉 전주가 흘러

나왔다. 나는 남편을 마주 보고 섰다. 내 속도 모른 채 남편은 쑥스럽다는 듯이 웃고 있었다. 남편의 옆으로 그의 가족과 친지가 보였고, 또 다른 옆에는 사진사가 내 모습을 찍고 있었기에 나도 애써 웃음을 지어 보였다.

일생 한 번의 결혼. 나에게도 이루고 싶은 결혼식 로망이 하나쯤은 있었고 남편은 그 로망을 들어주겠다 약속했다. 그리고 그 약속은 아름다운 선율과 함께 사라지고 있었다.

난 어릴 때부터 결혼하는 내 모습, 정확히 말하면 결혼식을 하는 내 모습을 상상하기가 힘들었다. 그렇게 많은 사람이 나만 쳐다본다고? 그 사람들 앞에서 뽀뽀를 해야 할 수도 있다고? 심지어 가족, 친척들도 있는데? 이유는 설명할 수 없지만 이런 상상을 할 때면 이상하게 수치심이 들었다.

성인이 되면 생각이 바뀔 수도 있겠거니 했지만 스무 살이 넘어도 내 마음은 달라지지 않았다. 내가 이상한 사람인가 싶어 언젠가 언니들에게 이 얘기를 꺼낸 적이 있는데 언니들도 마찬가지였다. 우리는 아빠 손을 잡고 세상 조신하게 신부 입장하는 서로의 모습을 상상하면서 으으으 하고 몸서리를 쳤다.

　하지만 시간이 지나, 큰언니도 작은언니도 조신한 신부의 관문을 거쳐 행복한 가정을 꾸렸다. 아주 자연스러운 모습이었다. 어쩌면 나도 몇 년 후에는 당연하게 받아들일 수 있으리라고 막연히 생각했다. 하지만 나는 언니들이 결혼한 나이보다 더 나이가 들어서도 여전히 나의 결혼식을 받아들이기가 어려웠다. 심지어 상견례를 하고 청첩장을 돌리면서까지도….

　나는 정말로 식을 올리기 싫었다. 하지만 이건 나 혼자서 정할 수 있는 일이 아니었다. 일단 양가 부모님이 얽힌 문제이고 거기에 더해 내 남편에게는 일반적인 K-결혼식에 대한 로망이 있었기 때문이다.

　'그래, 일생에 한 번 있는 결혼인데 그 로망 내가 이뤄주자.'

　이제 와서 생각하면 마음만 먹으면 두 번도, 세 번도 할 수 있는 게 결혼인데 굳이 내가 남편의 로망을 들어줘야 할 필요가 있었나 싶다. 하지만 당시엔 진심으로 결혼은 이번 한 번뿐이라 철석같이 믿었기에 나는 남편과 나의 로망 사이에서 적절한 합의점을 찾으려 노력했다.

먼저 나는 결혼식에 군소리 없이 찬성했다. 결혼식 전날 남편의 고향 마을회관에서 잔치를 열어야 한다고 해서 그것도 알겠다 했다. 얼굴이 나오는 사진은 1년에 한 장도 안 찍을 정도로 사진 찍는 걸 꺼리지만 웨딩사진도 찍었다.

모든 것을 오케이한 대신, 결혼식만큼은 빠르고 조용하게 진행하자고 했다. 경박한 이벤트 없이 짧고 경건하게! 저질스러운 이벤트와 의미 없는 축가는 빼자고 했다. 남편도 좋다고 했다. 어차피 축가를 불러줄 친구를 구하기도 힘들고, 예식이 길어봤자 좋을 것 없다며 짧게 끝내고 하객들에게 더 빨리 식사를 대접하잔다. 어쩜 나랑 이렇게 생각이 똑같은지! 역시 우리는 천생연분이다!

그럼에도 나는 어쩐지 불안한 마음이 들어 결혼식 전까지 계속해서 당부했다.

"오빠, 축가는 진짜 하지 말자. 나 너무 뻘쭘해서 표정 관리 못 할 것 같아. 알았지? 이상한 이벤트, 어른들 앞에서 격 떨어지는 행동도 절대, 절대 하지 말자."

**며느라기 때려치우고
엄마 집으로 돌아왔다**

나는 정말로 이거면 되었다. 그리고 이 소박한 로망을 위해 살이 에일 듯이 춥던 날 헐벗은 것과 다름없는 채로 웨딩촬영도 했다. 컨디션이 나빠질 게 뻔했지만, 결혼식 바로 전날 한복을 곱게 차려입은 뒤 한 시간 반 동안 차를 몰고 시골에 내려가 동네잔치도 치렀다. 그의 로망을 들어주었으니 이제는 내 차례다. 아무것도 하지 않으면 된다. 그럼 나의 결혼 로망은 자연스럽게 이뤄질 것이다.

근데 굳~이, 정말 굳이! 그는 마이크를 들었다. 이왕 축가를 부르기로 한 거라면 준비라도 잘하지…. 그는 꾸깃꾸깃 접혀 있던 종이를 펼쳤다. 종이에 적힌 가사를 힐끗거리는 그를 보고 있자니 문득 고등학생 시절 가창 시험을 보던 때가 생각났다. 가사를 외우지 않고 보면서 부르면 감점이라는 선생님 말씀에 '이히 리베 디히 조 뷔두 미히'를 한글로 적어가며 열심히 독일어 가사를 외웠었는데. 선생님은 암기력이 아니라 성의를 보려고 하신 거였음을 십여 년 후에 깨달았다.

그는 고등학교 가창 시험 정도의 준비도 하지 않았음이 분명했다. 그러자 궁금해졌다. 그는 정말로 이 노래를 부르고 싶었던 걸까? 그래 보이지는 않지만, 만약 정말로 본인이 원한 일이었다면 나에게 미리 말을 했어야 했다. 그럼 이견을 조율하고 합의점을 찾았을 것이다. 아무리 축가를 피하고 싶었더라도 못 이기는 척 MR을 찾아 1절에서 깔끔하게 노래를 끝낼 수 있게 미리 준비를 해뒀을 것이다.

하지만 누구를 위한 서프라이즈인지 몰랐던 탓에 축가 MR은 구구절절 2절까지 흘러나왔고, 그 덕에 나는 노래가 끝날 때까지 어린 시절의 나, 웨딩촬영과 전날 잔치의 개고생, 고등학교 가창 시험, MR을 준비할 수 있었던 가능성에 대해 생각할 수 있었다.

끝나지 않을 것 같던 노래가 끝나고 모든 결혼식 일정이 끝났다. 손님을 맞느라 정신이 없어서 축가는 까맣게 잊고 있다가 호텔 객실에서 남편이 흥얼거리는 노랫소리에 번뜩 생각나 물어봤다.

"오빠, 근데 아까 축가는 갑자기 왜 했어? 나 진짜 당황했잖아."

**며느라기 때려치우고
엄빠 집으로 돌아왔다**

나는 그가 본인이 원해서 한 일이라고 대답해주길 바랐다. 그럼 적어도 우리 둘 중 한 명에겐 좋은 일이었을 테니까. 하지만 남편의 대답은 지금 생각해도 어이가 없다.

"아, 그게 나도 하고 싶지 않았는데 친구가 아무리 그래도 축가 없는 결혼식은 좀 그렇다고 하더라고."

아니, 우리 결혼식에 갑자기 친구가 왜 나와? 친구랑 결혼하니? 서프라이즈 축가보다 더 서프라이즈한 대답이었다. 몇 번이나 부탁 아닌 부탁을 했던 나와의 약속보다 지나가듯 흘린 친구의 말을 따른 남편의 모습에 적잖은 충격을 받아 말을 잇지 못했지만, 머릿속에 나의 당부는 애초에 존재하지도 않았던 건지 그는 미안한 기색도 없이 다시 노래를 흥얼거렸다.

이는 일종의 복선이었을까. 이후 나의 결혼생활은 서프라이즈의 연속이었다.

"○○아, 내 생각도 그래. 나도 정말 그렇게 하고 싶어. 그런데 아버지가, 엄마가, 동생이, 친구가, 옆집 누구가, 우리 친척이…"

우리의 약속과 합의는 우리 부부가 아닌, 누군가의 의견 앞에서 여지없이 뒤집어졌고, 내 속도 함께 뒤집어졌다. 가수는 노래 따라간다더니, 결혼생활은 축가 따라가는 것일까?

"오빠, 제발 오빠가 맞다고 생각하는 대로 살면 안 될까? 오빠도 이건 아니라며, 이건 잘못된 거라며…"

노래 가사처럼 나는 울고 있었고,

"그래, 이건 아니야. 근데, 근데 너도 알잖아. 우리 가족이…"

그는 무력했다.

많은 사람 앞에서 했던 평생 행복하게 잘 살자는 약속도 결국엔 무너졌다. 우리가 더 이상 동행할 수 없게

**며느라기 때려치우고
엄빠 집으로 돌아왔다**

되자 나는 김동률의 〈동행〉을 플레이리스트에서 지웠다. 어차피 축가로 불린 날 이후로 이 노래를 들으면 이상하게 기분이 가라앉아서 듣지 않았기에 지워도 딱히 허전하지는 않았다. 그리고 다른 노래 하나를 골라 연속 재생을 눌렀다. 카니발의 〈축배〉.

아무리 봐도 그보다는 내가 선곡 면에서 더 탁월한 것 같다. 그런 의미에서 나는 아직도 그의 축가가 너무나 아쉽다. 이왕 부르기로 했으면 이 곡이 더 좋았을 텐데! 아쉬운 마음에 혼자 〈축배〉를 흥얼거린다.

거친 파도 같은 세상이 거품처럼 흩어져
또 다른 미래가 열릴 거예요.

앗, 근데 이 노래, 멜로디며 가사가 이혼 축가로도 손색이 없다. 나는 서둘러 냉장고에서 캔맥주 하나를 꺼내와 시원하게 목구멍으로 넘기며 노래를 마저 불렀다.

새로운 그대의 시작을 위하여!

주입식 모성애를 떠나보내며

여깄다! 1+1 새치염색(자연 갈색). 염색약 2통을 들고 계산대를 향한다. '내일은 1시간 일찍 일어나야겠네'라는 생각을 하며 금액을 치른다. 새삼 염색에 관한 나의 모든 의사결정 과정이 참 단출해졌음을 느낀다.

결혼 전에도 흰머리가 나긴 했지만 신경 쓰일 만큼은 아니었다. 하지만 결혼 후, 고된 생활을 대변이라도 하는 듯이 나의 머리카락은 하얗게 질려버렸다. 머리카락을 들춰야만 보이던 흰머리가 어느덧 정수리까지 영역을 넓히며 독자적인 존재감을 과시했다. 화장실 조명을 스포트라이트 삼아 거울 속에서 반짝이는 흰머리를 볼 때면 아무래도 염색을 하긴 해야겠다 싶었지만

**며느라기 때려치우고
엄빠 집으로 돌아왔다**

한 가지가 마음에 걸렸다.

'혹시 임신이라도 하게 되면 어떡하지?'

나는 염색을 하려던 마음을 내려놓고 대신 족집게를 들어 꼴도 보기 싫은 흰머리를 하나하나 뽑으며 생각을 이어갔다.

'염색은 한번 하기 시작하면 주기적으로 해줘야 하는데, 혹시 임신이라도 해버리면 애 나올 때까지 뿌리염색도 못 하겠지? 머리 색이 두 동강 나면 그건 또 그거대로 보기 안 좋을 거야. 그래도 10개월만 참으면 되니까 그냥 할까? 아니지, 아니지. 애 낳고도 모유 수유를 하게되면 염색하면 안 됐어. 모유 수유 끝내고 어느 정도 머리도 다시 자라고 나면 그때는 괜찮을 거야. 아, 아니지, 아니지. 둘째도 가질 거면 나랑 남편은 나이도 있으니까 연년생으로 붙여서 낳는 게 좋을 텐데…. 뭐야. 그럼 몇 년간 흰머리는 계속 안고 살아야 하는 거야? 염색은 꿈도 못 꾸고? 흰머리는 날 거면 차라리 멋지게 백발로 나든가! 왜 희끗희끗하게 나서 이렇게 신경 쓰이게 하는

거람? 아니야, 아니야. 엄마가 백발이면 애가 학교에서 놀림당할 수도 있어.'

두 동강 난 머리 색에서 탈모, 백발로 겅중겅중 뛰어 다니는 상상을 따라가던 나는 족집게를 든 채로 삽시간에 우울해졌다. 지금 와서 생각해보면 무슨 걱정을 저렇게 사서 했나 싶지만 당시의 나는 꽤 진지했다. 현실적으로 아이가 생길 확률은 0에 수렴했지만 그럼에도 상상 속 아이를 향한 나의 모성은 이러한 방식으로 시시때때로 발동됐다.

내가 아이를 간절히 바라는 것처럼 보일 수도 있겠지만, 사실 나는 아이를 낳아서 키우고 싶은 마음이 없는 사람이었다. 이 한 몸 먹여 살리기도 이렇게나 버거운데 내가 온전하게 책임져야 하는 생명이라니. 상상만으로도 어깨가 결린다. 단순히 먹고사는 문제 때문만도 아니다. 경제적인 부양에서 자유로웠던 어린이 시절을 돌이켜봐도 나는 이 분야에서는 영 싹수가 노랬다.

우리 시대에 유행했던 공주 만들기 게임(《프린세스 메이커》)을 할 때부터 나의 싹수는 조짐이 보였다. 나는

056 **며느라기 때려치우고 엄마 집으로 돌아왔다**

가출을 일삼는 도덕성 빵점의 방탕 공주를 몇 번 만들다가 그마저도 긴 플레이 시간에 질려 끝내버렸고, 친구들이 금지옥엽 애지중지 키우던 다마고치는 애초에 갖고 싶은 마음도 생기지 않았으며, 어쩌다 내 손에 들어왔을 땐 최소한의 똥 치우기와 밥 주기를 3일 이상 꾸준히 해내지 못해 막 알에서 깨어난 그 어린것(들)을 제대로 먹여보지도 못하고 저세상으로 보냈다. 강아지를 키우자는 말도 찰나의 시기에 몇 번 했을 뿐이었고, 그조차도 진짜 내가 원했던 것은 강아지를 '키우고 싶다'가 아니라 '자주 보고 싶다'였음을 일찍이 깨우쳤다.

그러니까 나는 무언가를 키우는 데 타고난 관심도, 능력도 없는 사람이었다. 그런데도 나는 존재할지 말지도 모르는 나의 생물학적 후손을 늘 염두에 두었다. 아니, 염두에 두고 살아왔다는 표현이 더 정확할 것이다. 이 출처를 알 수 없는 주입식 모성은 사실 결혼 전부터 꽤 오랜 기간 존재했으니까.

이는 청소년 시절로 올라가 바닥에 앉기 전 방석을 까는 모습에서부터 시작한다. 시원한 맨바닥에 앉는 것을 좋아했지만, 바닥의 찬 기운이 궁둥이에 닿을 때면 아주 오래전부터 들어온 '여자는 아래가 따뜻해야 한다'는 어른들의 말씀을 거역한 것처럼 느껴져 어쩐지 마음이 불편했다. 여드름이 심해져 피부과 약을 처방받을 때면 부작용 중에서도 간 수치가 오를 수 있다는 것보다는 기형아가 태어날 수 있다는 쪽이 더 겁이 났다.

고등학생 시절에 인생 계획의 기준이 대학이었던 것처럼 성인이 된 이후 인생 계획의 기준은 아이였다. 아이를 낳을 생각은 없었지만 그래도 낳는다면 너무 늦지 않은 시기에 낳아야 한다고 생각했다. 대체 이게 뭔 앞뒤가 안 맞는 소리인지 나 스스로도 영 이해가 되지 않았지만, 아무튼 젊을 때 아이를 낳아야 애한테 좋다고 하니 그에 맞춰 계획을 세웠다.

학교를 졸업하고 회사에 다니다가 적당히 돈을 모아 스물여덟 살쯤에 결혼과 출산을 하는 게 아무래도 가장 적절할 것 같았다. 물론 이때 내가 다녀야 할 회사는 출산 후에도 다닐 수 있는 육아휴직이 잘 보장된 회사여야 했기에 공기업도 기웃, 공무원도 기웃거리느라 안 그래도 어려운 취업은 더욱 바늘구멍이 되었다.

나이는 먹어가는데 취업이 되지 않으니 스트레스로 피부가 또 뒤집어졌다. 이번에 약을 먹으면 2년 동안은 절대 임신하면 안 된단다. 몇 년 전보다 의사 선생님의 어조가 단호하게 느껴지는 건 내가 2년 안에 임신할 가능성이 높아졌기 때문일 것이다. 솔직히 임신할 생각은 전혀 없었지만, 이상하게 그 말이 협박처럼 들렸다. 나는 마치 아이와 피부 중 하나를 선택해야 하는 상황에서 아이를 버린 것 같은 죄책감을 느끼며 약을 목구멍으로 넘겼다.

결혼과 임신에 대해 구체적인 생각이 없던 시절에도 이 정도였으니 결혼 후 나의 모성은 더 극진해졌음이 당연하다. 임신 가능성에 현실성이 더해지자 나는 더욱 촘촘하게 상상 속에서 임신과 출산, 육아를 반복하며 온갖 걱정을 해댔고, 결국 이렇게 흰머리 몇 가닥에 백발 엄마 때문에 놀림당하는 아이의 마음을 상상하며 속상함을 느끼는 지경에 이르렀다.

나의 오랜 상상 임출육(임신·출산·육아)은 이혼을 하고서야 끝이 났다. 생리를 시작하면서부터 여자는 엄마가 될 수 있으니 항상 배가 따뜻해야 한다는 식으로 임신과 출산에 관한 이야기를 늘 들어왔는데, 신기하게도 이혼을 하고 나니 여전히 생물학적으로는 가임기 여성임에도 불구하고 아무도 나에게 임신과 출산 얘기를 하지 않는다. 아무래도 사회적으로 가임기 여성 모임에서 강퇴 처리가 된 듯한데, 이것은 내가 느끼는 이혼의 가장 큰 장점이자 후련함이다.

여성의 임신과 출산을 너무 당연하게 생각하는 사회에서 언젠가 낳게 될지도 모르는 아이를 생각하며 살아온 시간이 너무 길었다. 아이를 가질 수 있는 몸이니 조심해야 한다는 말을 듣기 시작한 10대 때부터 품어온 나의 상상 속 아이는 이제 족히 스무 살은 되었을 것이다. 클 만큼 큰 그 아이를 내 삶에서 떠나보내고 나니 삶의 무게가 절반만큼은 가벼워진 것 같다.

난 여전히 따뜻한 곳에 앉으려 노력하지만, 아이를 낳을 몸이라서가 아니라 내 건강을 위해 방석을 깐다. 안정적인 일자리를 바라긴 하지만 그렇다고 육아휴직이나 워킹맘이 다니기 좋은 회사인지만을 따지지 않고 좀 더 다양한 복지 혜택을 살펴본다. (물론 보통 이런 회사가 워킹맘이 아닌 사람이 다니기에도 좋은 회사인 경우가 많고, 모든 회사가 이런 회사가 되어야 하겠지만.) 주말 출근도 가능하고 9 to 6가 아닌 곳에서도 일할 수 있다. 자영업을 해볼까?

하는 생각도 든다. 그만큼 선택지가 확 넓어졌다. 혹여나 후에 공무원 준비를 하게 된다고 하더라도 아이를 키우기에 좋은 직업이라는 이유에서는 아닐 것이다.

어제 사온 염색약은 머리카락 두 동강 날 걱정 없이 지금 내 머리 위에 곱게 발려 있다. 지난번 짙은 갈색 염색약은 영 별로였는데 이번 색은 괜찮을지 모르겠다. 그러고 보니 주입식 모성을 버리고서야 염색약이 잘 들지에 대한 본질적인 고민을 하게 되었다. 임신? 출산? 육아? ㄴㄴ. 이제 나는 내돈내산 염색약이 얼마나 흰머리를 잘 가려줄지만 궁금할 뿐이다.

스트레스받을 때 보면 좋은

거친 바다

끝내지 못한 깜지

오늘은 그냥 넘어가나 했는데 시부모님은 역시 숙제를 빼놓지 않으신다. 지친 마음으로 집에 돌아온 나는 숙제를 편다. 오늘의 주제는 〈나는 왜 그의 '시다'가 되어야 하는가?〉이다. 어제, 그제, 그끄제의 숙제도 아직 소화시키지 못했는데…. 나는 피곤함에 계속 눈꺼풀이 떨어지지만 학습 능력이 떨어지면 성실하기라도 해야 한다는 생각으로 일단 펜을 들어 굵은 글씨로 "너는 우리 아들 시다 잘 해야 한다!"를 적는다.

아, 근데 아무리 들여다봐도 도통 이해가 되지 않는다. 나의 머리엔 물음표가 가득하다. 나는 그 밑으로 의

**며느라기 때려치우고
엄빠 집으로 돌아왔다**

문을 적어 내려간다.

왜 나는 그와 서로 돕는 관계가 아니라 그의 시다가 되어야 하는가?

그러고 나서는 펜의 색을 바꿔가며 나의 자아에서 며느리의 자아로 이리저리 갈아탄다.

－그냥 서로 돕고 잘 살라는 말씀인데 단어 선택을 잘못하신 걸 거야.

여기서 지내는 동안 단 한 번도 나 말고 다른 사람에게는 시다라는 말을 하시는 걸 본 적이 없는데? 왜 나에게만 콕 집어 '시다'가 무슨 뜻인지 아냐고 물어보고 '시다바리'라는 말까지 알려주셨을까?

－아냐, 네가 모르는 어떤 깊은 뜻이 있을 거야….

아니, 근데 생각해보니 남편한테는 나 도와주라는 말을 한 번도 하신 적이 없네?

오늘도 이런 식으로 가부장제부진아는 깜지를 써 내려간다.

시다
시다바리
시다
시다바리
…

아무리 써도 도무지 이해가 되지 않는다. 왜 나는 시다여야 하는가. '시다' '시다바리' '시다'…를 쓰다가 정신을 차리고 내려다보니 '시다'는 어느새 '씨발'로 바뀌어 있다. 오늘 공부의 끝도 결국은 휘갈겨 쓴 씨발과 쓰벌 따위로 마무리된다. 난 정말이지 발전이 없다, 발전이.

(가부장제의) 전통과 (며느리의) 예를 아주아주 중요하게 생각하는 집안이라고 늘 강조하시는 아버님, 어머님은 나를 몹시 못마땅해 하셨다. 여자라면 응당 가정에서 가부장제와 남녀유별의 개념을 확실히 배우고 왔어야 했는데 나는 모로 봐도 '개념 없는' 며느리였기 때문

**며느라기 때려치우고
엄빠 집으로 돌아왔다**

이다.

출가외인인 며느리에게 그들의 전통과 예를 가르쳐 주기 위해 그들은 매일 숙제 같은 말을 툭툭 던져주었다. 그러고는 도통 진도를 따라잡지 못하는 나를 보며 대체 어디서부터 가르쳐야 할지 모르겠다는 듯 답답함을 숨기지 않았다. 나 역시도 어디서부터 이해해야 할지 몰라 참으로 속상했다. 그들의 기준에서는 가정교육이 덜 되었다는 걸 인정한다. 내가 가부장제의 기본기를 갖추지 못한 데에는 우리 집 장녀의 공이 크다.

우리 집 장녀는 태어날 때부터 위아래를 헷갈려 거꾸로 태어났다고 한다. 위치를 돌려보려고 했지만 그는 끝까지 자신의 방향을 고집함으로써 위아래 없는 노빠꾸의 삶을 예고했다.

친척들이 모두 모인 자리. 장남인 아빠와 세 명의 딸, 글만 봐도 가시방석에 앉은 듯 엉덩이가 따갑다. 은은하게 아들 타령이 배음으로 깔리고 집안 분위기는 점점 흐려진다.

'여자로 태어난 게 죄인가?' 어린 나는 속으로 구시렁거리지만 차마 입을 열 용기는 없어 꿀꺽 말을 삼킨다.

하지만 우리 집 노빠꾸 장녀는 이럴 때 입을 다물면 죽는 병을 앓고 있기에 눈치 따위 보지 않고 크게 입을 열어 이 분위기를 박살낸다.

사이좋게 딸로 태어난 우리 세 자매는 언니가 박살낸 상황을 보며 슬쩍 웃는다. 노빠꾸 장녀는 지치지도 않고 가부장제나 남녀 차별이 머리를 들어 올릴 때마다 두더지 게임을 하듯 냅다 쥐어박았다. 가부장제를 박살내는 것은 자연스럽게 우리 세 자매의 놀이가 되었고 덕분에 우리는 가정교육에서 가부장제라는 과목은 빼먹은 채 자랄 수 있었다. 이렇게 기본기가 없이 자란 탓에 나는 매일 새롭게 주어지는 어머님, 아버님의 숙제를 이해할 수 없었다.

왜 아내는 남편의 시다바리가 되어야 하는가?
왜 며느리는 시아버지의 팔짱을 끼고 다녀야 하는가?
왜 그렇게 못하면 성격이 이상하고 어려운 사람인가?
왜 며느리는 과로여도 노느라 아프다고 하는 걸까?
왜 며느리는 왜? 왜?

'왜'의 늪에 빠진 나는 남편에게 물었다.

**며느라기 때려치우고
엄마 집으로 돌아왔다**

"대체 왜 그래?"

남편의 대답은 늘 한결같다.

"원래 그런 거야. 원래!"

가부장제를 온몸으로 흡수한 그를 보며 난 느꼈다. 아, 역시 독학은 조기교육을 따라갈 수 없구나. 하지만 그의 말이 정답이긴 했다. 원래 그렇다는 가부장제는 이해 과목이 아니라 암기 과목인데 거기에 나는 늘 '왜?'를 외쳤으니 제자리를 걸을 수밖에. 그렇게 나는

Q: 며느리는 아들의 무엇인가요?
① 배우자 ② 친구 ③ 동료 ④ 시다 ⑤ 가족

라는 문제 앞에서 오랫동안 펜을 굴리다 끝내 ④번에 엑스표를 치고 빵점짜리 시험지를 손에 쥐었다. 그간 써온 쓰벌이 난무한 깜지도 다 찢어버렸다. 대신 새 종이를 꺼내 '죽어도 시다는 안 되켜(안 될 거야)'를 적고 크게 느낌표를 찍었다. 과정은 지난했지만 뭐라도 느꼈으니

됐다. 그렇게 빵점짜리 며느리는 느낌표를 뚫어지게 바라보며 마지막 수업을 마쳤다.

잠시 가게 밖에 나와 있던 나에게 어머니가 급하게 와서 말한다.

"지금 우리 ○○이가 밖에서 외국인한테 길을 알려주고 있다!"

…? 화자의 의도가 분명하게 파악되지 않은 나는 대충 "아, 그래요?"를 뱉으며 어떤 대답을 해야 할지 빠르게 생각했다.

'무슨 문제가 생겼으니 가서 도우라는 건가?'

하지만 이내 활짝 웃는 어머니의 표정을 보니 다행히 무슨 문제가 생긴 건 아닌 것 같다. 나의 미적지근한 대답에 어머니는 한 번 더 힘주어 말했다.

"지금 외국인 두 명한테 우리 ○○이가 영.어.로 길을 안내해주고 있다고!"

그녀는 다시 한 번 웃는다. 웃는 어머니의 얼굴 뒤로 바다가 보인다. 내리쬐는 여름 햇빛이 바다에 닿아 물결치며 반짝였지만, 그 찬란함도 어머니의 미소보다는 반짝이지 못했으리라. 어머니의 해사한 미소 속에는 아들에 대한 자부심과 어떤 존경심 같은 것이 강하게 빛을 뿜고 있었다. 그 빛에 나의 눈이 멀길 바라며.

'안 돼요, 어머니⋯. 저 우리 부모님이 없는 살림에 600만 원이나 들여서 렌즈 삽입술 시켜줬단 말이에요. 고작 남자 때문에 눈이 멀 수는 없어요!'

어머니의 마음을 아주 모르는 것은 아니었다. 어머니는 한 남자, 즉 그의 아들이자 나의 남편인 그를 우리

**며느라기 때려치우고
엄마 집으로 돌아왔다**

여자 둘이 대단히 여김으로써 며느리와의 관계를 돈독히 하고 싶었을 것이다. "와, 정말요? 오빠 진짜 대단하네요!" 정도면 충분했을 것이다.

하지만 나는 시어머니가 원하는 대답을 해주고 싶지 않았다. 난 왜 이렇게 심보가 고약할까? 그녀의 마음을 알면서도 적당히 웃으면서 "어머, 그래요? 아이구~ 가게 비었겠다. 얼른 들어가볼게요!"라는 말로 끝내 모르는 척 자리를 피했다. 어머님 입장에서는 말 한마디도 인색한 며느리가 얄미웠을 것이다.

원래 나는 알랑방귀를 잘 뀐다. 어쩌면 진짜 방귀보다 더 많이 뀔지도 모른다. 그 덕에 서비스직에 종사할 당시엔 세 치 혀로 VIP 담당 업무를 맡기도 했다. 수도꼭지 틀면 나오듯 망설임 없이 쏟아내는 칭찬과 능청스러운 아부는 특히 중장년층의 전폭적인 사랑을 받았는데, 아들 있는 고객에게서 며느리 러브콜이 쇄도했대나 어쨌대나?

그런 내가 왜 이렇게 삐딱한 며느리가 된 것일까? 나의 몇 없는 특기인 무지성 맞장구가 어머니 앞에선 왜 그렇게 힘들까? 왜 나는 넘치게 해도 부족할 내가 사랑하는 배우자 칭찬에 이렇게 인색할까?

　나도 처음부터 이 모양은 아니었다. 처음엔 나도 사랑에 단단히 눈이 멀어 진짜로 내 남편이 세상에서 제일 멋진 줄 알았고, 그 마음을 거리낌 없이 표현했었다. 나는 이제까지 내가 살아왔던 방식으로 상대방을 아끼고 존중하는 마음을 주고받으며 새로운 가족들과 좋은 관계를 맺을 수 있을 것이라 생각했다. 항상 전통과 예를 강조하시던 시가 사람들이었으니 '가는 말이 고우면 오는 말도 곱다'라는 옛 어른들의 말씀도 따를 것이라 예상했다.

　하지만 '시' 자가 붙은 세상은 일반적인 세상과는 다른 방식으로 돌아갔다. 그곳에서는 내가 보낸 칭찬과 존중이 '상호' 존중이 아닌 '당위'라는 족쇄로 돌아와 나를 옴짝달싹 못 하게 만들었다. 남편에 대한 나의 칭찬이 쌓일수록 나는 그런 대단한 남자와 함께 사는 영광을 누린 사람이 되었고, 이는 자연스럽게 그와 그의 가족을 극진히 모심으로써 보은해야 한다는 당위로 귀결되었다.

　그들은 잘난 아들을 두었기에 너무나도 당당하게 나에게 일, 가사노동, 며느리의 도리, 기쁨조 등의 개떡 같은 의무를 던져주었고, 이 과정에서 나는 내가 뱉은 칭찬이 결국 나를 옥죄는 근거가 되리라는 것을 인지하면서 점점 입을 다물게 되었다.

　그렇게 내 입에서 나오던 그를 향한 찬사가 줄어들자 어머니는 더더욱 아들의 자랑스러운 점, 예를 들면 '우리 아들은 가족의 사랑과 기대를 한 몸에 받았다'와 같은, 나로서는 그저 '그래서 어쩌라고요?'라는 반응밖에 나오지 않는 말들을 늘어놓으며 나에게 존경심을 심어주려고 부단히 노력했다.

　하지만 어째서인지 시어머니가 그의 대단함을 나열할수록 내가 좋아했던 그 사람은 점점 더 작아졌다. 내가 멋지게 보았던 그의 수많은 장점이, 쏟아지는 별 볼일 없는 대단함에 쓸려 어디론가 사라져버렸다. 나는 내가 사랑에 빠졌던 그 사람을 다시 찾고 싶어 흐려진 눈에 힘을 주었지만, 그는 대체 어디로 떠나버린 건지 도무지 보이지 않았다. 선명해진 시야에는 시시껄렁한 장점들만이 어지럽게 걸려들었다.

　그렇게 콩깍지가 벗겨져 냉기가 감도는 내 눈을 마주했을 때 어머니는 괘씸하다는 말투로 나에게 아들을 존경할 수밖에 없는 이유를 대기 시작했다.

"솔직히 내 아들이라서 하는 말이 아니라 술, 담배 안 하지, 노름 안 하지, 손찌검 안 하지. 세상에 이런 남자가 어디 있니?"

어머니의 자부심이 넘치는 말에 그는 완전히 발가벗겨졌고, 그 덕에 나의 눈은 일말의 감정에도 흔들리지 않고 완전한 초점을 잡게 되었다. 그리고 그동안 어려워서 제대로 맞추지 못했던 어머니의 눈을 똑바로 응시했다. 이제 모든 것이 명확히 보였다. 너무나 명확해서 더 이상할 말도 없었기에 나는 잘 지내시라는 말을 남긴 채 눈먼 자들의 집구석에서 자리를 떴다. 그게 어머니와 나의 마지막 만남이었다.

**며느라기 때려치우고
엄빠 집으로 돌아왔다**

임팩트가
스윙의 끝은
아니다

1. 발 위치, 두 발 사이 너비, 클럽을 잡은 손, 헤드 위치와 방향, 어깨 위치 등을 확인하면서 어드레스.

2. 왼팔에 중심을 두고, 머리 위치가 흔들리지 않게 잘 고정한 후 하나, 둘 숫자를 세며 백스윙.

3. 오른손에 주도권을 뺏기지 않도록 신경 쓰며 코킹. 탑 오브 더 스윙.

4. 팔이 먼저 떨어지지 않게 신경 쓰면서 몸의 회전으로 다시 내려오는 다운 스윙.

5. 손으로 공을 때리는 것이 아님을 명심하고 몸이 회전하는 힘으로 공을 칠 수 있게 왼쪽 다리로 무게 중심을 잘 잡으며 임팩트.

깡!

미스샷!

그럼 다시 1, 2, 3, 4, 5 깡! 또 미스샷!

그럼 다시 1, 2, 3, 4, 5 깡!

이때 들리는 프로님의 목소리.

"스윙 중간에 멈추지 말고 팔로 스루, 피니시 자세까지 끝까지!"

대충 스윙을 끝내려다가 걸렸다.

6. 날아가는 공의 방향성은 아직 쥐고 있다는 마음으로 팔로 스루.

7. 축이 무너지지 않게 왼발에 끝까지 중심을 두고, 공을 끝까지 바라보며 피니시.

어영부영 피니시 자세를 취하는 나를 보며 프로님은 말을 덧붙인다.

"공은 임팩트(공을 친 순간)가 끝난 뒤의 자세에 따라

며느라기 때려치우고
엄빠 집으로 돌아왔다

진행 방향이 열릴 수도, 닫힐 수도 있어. 그러니 잘 치든 못 치든 공을 끝까지 보고 완전하게 스윙을 마쳐야 해.”

'네? 이미 공은 제 갈 길을 떠났는데 그 이후의 스윙이 무슨 소용인가요? 염력이라도 부리라는 건가요?'

이거, 이거 배우는 태도가 영 글러 먹었다. 소질이 없으면 가르쳐주는 대로 잘 따라 하면 될 것을. 하지만 이미 골프채를 깡! 하고 맞고 떠난 공이 어떻게 이후 스윙의 영향을 받을 수 있다는 건지 나는 도무지 이해되지 않았고, 공이 잘 맞지 않을 때면 대충 스윙을 마무리 짓는 버릇을 고치지 못했다. 당연히 골프 실력은 좋아질 수가 없었다. 그렇게 치라는 굿샷은 몇 번 쳐보지도 못하고 땅볼, 슬라이스, 뒤땅, 훅 등 온갖 미스샷을 골고루 마스터하다가 얼마 가지 않아 골프채를 내려놨다. 그게 중학생 때의 일이니 벌써 20년은 족히 된 일이다.

어제 일도 가물가물한 와중에 갑자기 20년 전이라니. 완전히 잊고 있던 골프 이야기가 떠오른 건 얼마 전 니콜라 윤이 쓴 『에브리씽 에브리씽』(노지양 옮김, 위즈덤하우스, 2017)이라는 소설을 읽다가 이런 구절을 발견하면서였다.

시간은 양방향으로 흐른다. 앞으로도 흐르고 뒤로도 흐른
다. 그래서 지금 현재 이곳에서 일어난 일은 미래와 함께 과거
도 바꾸어버린다.

그 문장은 되감기 버튼 같은 문장이었고, 돌연 시간
이 방향을 틀어 뒤로 흐르더니만 20년 전 지루했던 골프
수업 시간으로 날 데려와 프로님을 소환해냈다. 중학생
의 나는 프로님의 '임팩트가 끝난 뒤에도 공의 방향이 바
뀔 수 있다'는 말을 그저 스윙 자세를 예쁘게 만들기 위
한 약 파는 소리(죄송합니다)라고 생각했다. 하지만 나는
궁금했다. 이미 날아가기 시작한 공의 방향에 그 후의 스
윙이 정말로 영향을 미칠 수 있을까?

골프 팔로 스루, 골프 피니시, 골프 스윙과 공의 방
향 등을 검색했다. 결론을 말하자면 그러하단다. 임팩트
가 끝난 팔로 스루와 피니시까지의 스윙 궤도가 공의 방
향과 구질을 좋게 만든다고, 그래서 임팩트가 스윙의 끝
이 아니라고들 했다. 어떤 원리에서인지 과학적으로 설
명한 글도 읽긴 했는데, 과학이란 학문을 성급히 포기했

던 과거가 현재에 영향을 미쳐 이해할 수 없었다.

그럼 나의 전공으로 이해해보기로 했다. 손대지 않은 무언가를 움직이게 하는 것. 나는 '염력'을 사전에 검색했다.

초능력의 하나로 정신을 집중함으로써 물체에 손을 대지 아니하고 그 물체의 위치를 옮기는 힘 따위.

역시 유리 겔러를 열심히 봤던 과거가 또 현재에 영향을 미치는 건지 이쪽은 단박에 이해가 되었다. 초능력이나 미신 쪽은 내가 전문이다. 유리 겔러가 엄청난 집중력으로 나침반 바늘을 움직이게 만든 것처럼, 공의 방향이 바뀔 수 있는 이유도 날아가는 공에 정신을 끝까지 집중함으로써 공의 위치를 바꾸는 힘이 생겼기 때문인 것이다. 신뢰가 간다. 그리고 염력에는 또 다른 뜻이 있다.

불교 오력(五力)의 하나. 한 가지에 전념하여 그로써 장애를 극복하는 힘. 또는 산란한 마음을 그치고 진실한 마음을 갖게 하는 힘.

초능력인 염력과는 다르지만 한 가지에 전념함으로써 가질 수 있는 힘이라는 점에서 궤를 같이한다. 불교의 염력의 관점에서 봐도 이해가 될 것 같다. 공을 잘 치겠다는 한 가지에 전념하면서 생기는 힘이 공이 내 손을 떠나 물리적으로 손을 쓸 수 없는 한계를 극복하게 만드는 것이다.

왜 갑자기 소설 속 문장 하나에 꽂혀 골프, 과학, 종교, 초능력 분야를 넘나들며 날아간 공의 방향이 바뀔 수 있다는 걸 이해하고 싶어진 걸까? 그건 이미 내가 날려 먹은 미스샷이 너무 많기 때문이다.

연습장에서 공을 치다 공이 다 떨어지면 스윙을 멈추고 자기가 친 만큼의 공을 다시 주워와야 했다. 미스샷이 난무한 현실에서도 마찬가지다. 나는 모든 공이 내 손을 떠났다는 느낌과 그 떠난 공들이 벙커나 해저드에 빠졌다는 사실, 그리고 그 사실이 동반하는 후회를 안고 내가 날려 먹은 공을 하나씩 줍고 있는 상황이다. 현타가 오지 않을 수 없다. 그리고 그런 사람에게 현재의 내가 정신을 집중하고, 전념하며, 끝까지 스윙을 이어나가면 내 손을 떠난 것들, 그게 시간이든 공이든, 그것들의 방향을 바꿀 수 있다는 말은 거대한 희망처럼 다가온다.

　현재의 내가 과거의 나를 바꾸고 그 과거의 내가 다시 현재의 나를, 그 현재의 내가 또다시 미래의 나를 바꾸는, 다소 복잡해 보이지만 그런 방식으로라도 삶을 재정비할 수 있겠다는 기대를 해볼 수 있기 때문이다.

　그리고 그것은 어쩌면 정말 가능할 것도 같다. 한 문장을 읽는 잠깐의 시간이 단번에 20년 전의 지루했던 골프 시간의 의미를 바꾼 것을 보면 말이다. 이게 무슨 어거지냐고 말할지도 모르겠다. 하지만 나는 그래도 믿고 싶다. 시간은 과거로도 흘러 과거를 바꿀 수 있다고. 날아가는 공의 방향이 나머지 스윙에 따라 달라질 수 있다고. 과학적으로도 미신으로도 종교적으로 해석해도 그럴 여지가 있다고. 그러니 나의 지난 실패가 닫힌 결말이 아닌 열린 결말일 수 있다고 진심으로 믿고 싶다.

선택적 귀틀막의 힘

"할 수 있다! 아자아자!"

나는 툭하면 '할 수 있다'고 외친다. 대체 무엇을 할수 있다는 건지는 나도 모른다. 진짜로 할 수 있는지 그런 구체적인 생각은 하지 않는다. 그냥 냅다 외치고 보는 거다. 아침에 일어나 머리를 감으면서, 로션을 바르면서 웅얼거린다.

"고롬, 할 수 있지. 할 수 있고말고."

그렇게 나는 하루에도 수십 번씩 나 자신에게 할 수 있다고 말을 건다. 도서관에서 공부를 시작하기 전에는 마음속으로, 산책할 때는 작은 목소리로, 운전할 때는 숨을 한껏 들이마신 뒤 배에 힘을 딱 주고 시원하게 내지

른다. 뻥 뚫린 도로를 운전할 때는 해병대 캠프라도 온 것처럼 "할 수 있습니까?" "네! 할 수 있습니다!" "목소리가 작습니다. 진짜 할 수 있습니까?" "네! 할 수 있습니다 아아아아!" 이 난리를 치며, 남들에게 보여주기 민망한 원맨쇼를 하기도 한다. 그러고 난 뒤 적막이 찾아오면 잠시 머쓱해지고 어이가 없어 헛웃음을 짓기도 하는데, 동시에 긴장으로 솟았던 어깨가 제자리를 찾고 손에도 힘이 들어간다.

내가 원래부터 이런 이상한 짓을 한 것은 아니었다. 애초에 나에게 할 수 있다는 말은 아무리 연습해도 발음이 되지 않는 영어 단어 같은 것이었다. 알고는 있지만 사용하지 않는, 누가 나에게 해줄 수는 있어도 내가 할 수는 없는 그런 반쪽짜리 말이었다. 그런 내가 할 수 있다는 말을 직접 내뱉게 된 것은 이혼하고 나서부터, 즉 시부모와 이별하면서부터였다.

시부모님은 농사를 지으시는 분들이었다. 농사를 짓는 사람들은 농사를 도박이라고 한다. 아주 성실히 하는 도박. 그도 그럴 것이 방금 심은 이 작물이 올해 흉작일지 풍작일지는 신밖에 모르는 일이기도 하거니와 흉작이라면 (보통) 1년의 시간이 고스란히 헛수고가 되고, 농사를 위해 농협에서 빌린 돈도 고스란히 빚이 되기 때문이다.

잘 자라는 작물을 보며 '올해는 괜찮겠구나' 하고 키워온 희망이 갑작스러운 태풍에 쓸려가기도, 가뭄에 말라버리기도 한다. 희망이 절망이 되는 것은 한순간이다. 흔히 농사하면 땀 흘려 일하는 농부의 성실함이 정직하게 결실로 이어지는 모습을 먼저 떠올리겠지만, 현실은 어찌 될지 모르는 변동성에 장기적인 노동력을 거는 것과 다름이 없다.

그래도 일단 무언가를 땅에 뿌려 심기로 작정하면 그때부터는 비가 오나 눈이 오나 수확기까지 눈을 떼지 않고 돌보며 결과를 기다린다. 우리 시부모님은 그런 농부의 마음으로 며느리 농사에 도박을 걸었다. 그러니까 이 석연찮은 며느리를 보며 이건 딱 봐도 될성부른 씨앗은 아닌 것 같다는 강한 의구심을 품으면서도 쓸 만한 작물로 폭풍 성장하기를 바라는 마음 하나로 나를 성실히 관리하며 격려라는 비료를 아낌없이 뿌려주었다. 예를 들면 이런 식이다.

"힘들었지? 처음엔 다 그래. 근데 이거 별거 아니다. 몇 번 하면 너도 혼자서 할 수 있어."

첫 제사를 끝내고 들은 격려였다. '와, 이거 두 번은 못 해 먹겠네'라고 생각하고 있었는데 이 말을 듣고 아주 잠깐 '얼마나 더 해야 익숙해지는 거지?' 하는 생각이 들었다.

"우리 애가 부족해서 그런 일은 잘 못해. 하지만 너는 손이 야물잖니. 이런 일은 네가 더 잘할 수 있어!"

가게 대청소를 하던 날, 손이 야물지 못한 아들을 타박(하는 척)하며 아들 몫까지 나 혼자 다 해낼 수 있다고 건넨 격려의 말이었다. '오빠! 나는 이거 할 테니까 오빠는 저거 해!'라고 말하려다 삼켰고, '그래, 옆에서 제대로 도움도 안 되는데 혼자 하는 게 더 빨리 끝날 수도 있겠다'라는 생각을 했다.

"너도 다 만들 수 있다. 요즘은 인터넷에 요리법이 잘 나와 있어서 하려고만 하면 금방 배울 수 있어."

이건 식당에서 맛있는 음식을 먹고 "와, 맛있다" 하며 조용히 감탄했을 때 들은 좀 뜬금없는 격려였다. 이렇게 만들고 싶다고 한 것도 아닌데 갑자기 왜 저런 말씀을 하시는 건지 어리둥절했지만 '뭐, 만들려면 만들 수도 있지!' 하는 생각도 하긴 했다.

시부모님은 이렇게 어떤 상황에서도 느닷없고 또 맥락도 없이 나에게 할 수 있다고 격려해주셨다. 참 신기한 일은, 시간이 지나면서 정말로 내가 그 일들을 할 수 있게 된 것이었다. 나도 몰랐던 나의 가능성이 '할 수 있다'의 풍요로움 속에서 움텄다고 해야 할까?

어느덧 나는 인터넷을 보며 이런저런 반찬을 만들기 시작했고, 가게든 집이든 쓸고 닦는 것은 나의 전문이 되었다. 서툴던 설거지 20, 30인분도 그냥저냥 어렵지 않아졌다. '어휴, 나는 저렇게는 못 살아!'라고 생각했던 그런 삶을 언젠가부터 살아가고 있는 내 모습을 보며 '할 수 있다'는 이 네 음절이 얼마나 강한 힘을 가졌는지 절실히 깨달았다.

시부모님의 며느리 농사는 풍작의 조짐을 보이는 것 같았다. 하지만 농사는 뭐다? 도박이다. 잘 크던 작물도 태풍 한 번에 쓸려나가면 어쩔 수 없는 그런 도박이다. 비료도 너무 많이 주면 작물이 죽는다. 아마 며느리 농사는 처음이라 시부모님도 그게 어려웠던 것 같다. 나는 너무 많은 비료에 마음이 검게 변하고 몸이 파사삭 말랐다. 풍작은 오랜 시간이 걸리지만 흉작은 하루아침에도 일어난다. 나는 그렇게 며느리에서 남이 되었고 며느리 농사는 황폐하게 끝이 났다.

하지만 할 수 있다는 말의 힘을 경험한 나는 그 이후에도 누군가 나에게 지속적으로 가능성을 이끌어내주길 바랐다. 우리 시부모님처럼 나의 능력에 관계없이 무조건적으로, 끊임없는 지지를 해줄 사람. 하지만 그런 사람이 있을 리가 없었다. 그래서 시부모님의 자리를 스스로 채우기로 했다.

어색하지만 툭툭 내뱉기 시작했다. 처음엔 마음속으로, 다음엔 아주 작은 소리로, 그다음엔 스스로가 머쓱해질 만큼 큰 소리로. 멘트도 그때그때 바뀐다. 아무 생각이 없을 때는 깔끔하게 "할 수 있다!" "암, 할 수 있고말고!" 목표가 있을 때는 좀 더 구체적으로 "나는 ○○을 할 수 있다!" 이렇게 소리친다. 조금 더 큰 힘이 필요할 때는 나를 설득하듯 말한다. "야! 이혼도 했는데 고작 이까짓 거 못 하겠냐? 너 그 시집살이도 했는데 고작 이걸 못 하겠어? 다~ 할 수 있어, 인마!" 이러면서 말이다.

시부모님은 의도하지 않으셨지만 시집살이도 나에게 무언가 긍정적인 가르침을 준 것이다. 나는 방금 혼자 있는 방 안에서 또 할 수 있다고 외쳤다. 그만큼 지금 나에게는 아주 큰 힘이 필요하다는 말인데 그 이유는, 당장 내일이 원고 마감일인데 온종일 진척이 없는 상태에서 헤매다 어느덧 자정이 넘어버렸고 그렇게 마감일이 내일이 아닌 오늘이 되어버렸기 때문이다….

"흐엉, 망했어! 정말 단단히 망했어!" 하고 10분 정도 울부짖다가 좌절의 끝에 "아냐! 할 수 있어!" 한마디를 달았다. 진짜 할 수 있다고 생각했다기보다 그냥 시집살이로 익숙해진 습관에서 튀어나온 말이었다. 그러나 이 한마디를 불씨 삼아 "암, 할 수 있고말고! 앞으로 3시간 안에 90퍼센트는 끝내버릴 거야!"라고 말했고, 그래도 영 자신이 생기지 않아 마무리 멘트로 "야, 이혼도 했는데 이거 하나 못 하겠냐? 3시간이면 떡을 치고도 남지!"라며 있는 허세 없는 허세를 다 끌어왔다.

일단 도저히 마무리가 안 되어 질질 끌던 창에서 과감히 빠져나와 새로운 창을 띄웠다. 텅 빈 화면을 보자 훅 막막함이 밀려왔고 일회용도 안 되는 나의 배짱이 대번에 쪼그라들었다. 다크 모드의 새까만 화면은 눈치도 없이 기가 팍 죽은 나의 얼굴을 비춘다. 이 까만 화면에 비친 내 얼굴을 피하기 위해서라도 뭐든 쓰긴 해야 한다. 지금 나의 상태로 가늠해보면 '안녕하세요, 담당자님'으로 시작해 죄송하지만 마감을 지키지 못할 것 같다는 내용의 글을 절절하게 써내려가는 게 현명한 판단일 것 같다.

아아, 안 돼! 생각이 이렇게 흘러가서는 안 된다. 지금 이 판에 시간이 얼마 남지 않았다는 현실이나 영 발전이 없는 나의 능력에 대한 한탄이 끼어들어서는 안 된다. 나도 모르게 손가락이 담당자에게 보내는 사과문을 써버리기 전에 일단 다른 생각은 말고 이 빈 화면을 채우기로 한다.

할 수 있다. 할 수 있다. 할 수 있다. 할 수 있다.

4시간 후, 결국 나는 담당자가 출근해 메일을 확인하기 전에 마감을 했다. 계획했던 시간에서 1시간이 초과되긴 했지만 아무렴 어떤가. 이번 마감에는 시집살이가 나에게 준 유일하다고도 자부할 만한 '할 수 있다' 주문의 축복이 있었다.

　　시부모님은 일종의 가스라이팅으로 나에게 '며느리의 영역'을 넓히려고 부단히 노력했지만 나는 선택적인 귀틀막으로 '나의 세계'를 넓혔다. 그 집에서 벗어난 이상 그들이 무엇을 의도했든 더 이상은 내 알 바가 아니다. 중요한 것은 내가 이번에도 무사히 마감을 해냈다는 사실이다! 그리고 앞으로도 나는 무수히 많은 '할 수 있다'의 축복을 받을 것이다.

며느라기 때려치우고
엄빠 집으로 돌아왔다

인간의 탈을 쓴 자판기

언니에게서 카톡이 왔다. 평소답지 않게 '야!'가 아니라 나의 이름을 부른다. 이름 뒤에는 물결 표시도 두어 개 붙어 있다. 오호? 촉이 딱 온다. 이건 100퍼센트 심부름을 시키려는 의도가 들어간 부름이다. 나는 바로 답장을 보낸다.

ㄴㄴ 안 하잰

* 안 해

그러자 답톡이 온다.

만 원

가증스러운 물결 표시는 없다. 이제 대화가 통할 것

같다.

뮌 일?
＊ 무슨 일?

녹색 어머니회

녹색 어머니회라…. 초등학생인 조카의 학교에서는 1년에 한 번씩 학부모가 등교 시간에 교통지도를 해야 한다. 그럼 일단 일찍 일어나야 하고, 약간 얼굴이 팔려야 하고, 1시간 동안 땡볕에 서 있어야 한다. 조카의 학교 일이니, 아침부터 생글생글 웃으며 싹싹하게 사회생활도 해야 한다. 만 원에 이런 노동을 제공하는 것은 수지가 맞지 않는다. 고민의 여지도 없는 터무니없는 가격임을 어필해야 하므로 빠르게 답장을 보낸다.

안 하잰

3만 원. 그리고 커피 한 잔

역시. 언니는 애초에 3만 원을 생각하고 있었을 것이다. 그래도 일단 만 원에 찔러보는 그런 수법을 쓴 것

며느라기 때려치우고
엄빠 집으로 돌아왔다

이다. 훤히 보이는 속셈이었지만 그냥 속는 척하고 셈을 때린다. 1시간에 3만 원? 엉덩이가 들썩인다. 이 정도면 마음에 드는 금액이다. 조카가 6학년이 될 때까지 내가 전담으로 해줄 수도 있겠다 싶지만, 너무 좋아하는 티를 내는 건 바보 같은 짓이다. 앞으로의 물가상승률을 반영하여 탄력적으로 값을 따져야 하니까. 그러니 나는 건조함이 느껴지게 답톡을 보낸다.

자매 사이에 이렇게 적나라하게 돈 얘기가 오가다니, 너무 매정하다는 생각이 들 수 있겠지만 나는 원래 이렇게 생겨먹은 놈이다. 어려서부터 돈 안 되는 일에는 손가락 하나도 까딱하지 않았다. 대신 돈이 들어온다? 그러면 감히 건방지게 손가락만 까딱하지 않는다. 손가락, 발가락 온 관절의 마디마디를 사용하여 최선을 다한다.

이런 나의 성향을 일찌감치 파악한 언니는 천 원을 쥐여주며 방 청소를 시키곤 했다. 무려 천 원이라니…! (빅파이 하나에 50원이었던 시대임을 감안해야 한다.) 500원이었으면 대충 청소기나 돌렸겠지만 천 원이면 말이 달

용돈벌이하는

녹색 이모

라진다. 나는 언니를 만족시켜 꾸준히 천 원을 벌겠다는
마음으로 손걸레질을 하고 이부자리며 소품이며 각을
딱딱 맞춰 정리했다.

그 경력이 이제 약 30년이다. 30년의 물가상승률과
나의 경력을 고려해 이제 언니는 만 원부터 5만 원 사이
에서 심부름을 시킨다. 돈을 받고 하는 일은 어떻게든 잘
해내니 언니도 꾸준히 나를 찾을 수밖에 없다. 나 역시도
언니는 뭐든 정당한 값을 치르는 사람이니 가급적이면
부탁을 들어주고 가끔은 서비스 차원에서 무료 봉사도
해준다. 오고 가는 현금 사이에 신뢰가 쌓인다.

나는 돈을 왜 이리도 좋아하는 걸까? 유형으로 지갑
에 들어 있을 때도 좋고, 무형으로 계좌에 숫자로만 찍
혀 있어도 좋다. 형태가 바뀌어도 가치는 변하지 않으니
까. 어쩜… 진짜 멋지다! 존재만으로도 마음이 든든해진
다. 근데 이렇게 말하는 내 모습에 왜 갑자기 우리 구시
어머니가 오버랩되는 거지? 돈을 향한 나의 맹목적 사랑
이 아들을 향한 우리 어머님의 절대적인 사랑과 비슷하
게 느껴진다. 아앗! 그럼 진짜 꼴 보기 싫을 텐데.

아무래도 자중해야겠다 싶지만 생각해보니 비슷할

수밖에 없다는 생각도 든다. 나에게 돈이란 다 떨어져가는 나의 체력과 쥐꼬리만 한 재주를 아득바득 노동력으로 바꿔 낳은 내 새끼 같은 존재이기 때문이다. 역시 자식은 품 안의 자식이 최고라며 쉽게 놓아주고 싶지 않다.

허튼 곳에 내 돈이 나갈라치면 속이 쓰리다. 거기엔 그만 한 가치가 없단다, 얘야… 가치 있게 쓰일 만한 곳을 찾을 때까지는 여기 안전하게 있거라! 갑자기 어머님 마음이 조금 이해가 되기 시작한다. 자식 때문에 힘든 일도 마다하지 않는 부모님처럼 나 역시 돈 때문에 꾸역꾸역 몸을 일으킨다. 호기심이나 열정 같은 걸로 몸을 움직여본 게 언제더라? 생각도 나지 않는다.

20대에 들어간 첫 직장은 열심히 다니다가 한 번 월급이 밀리고, 두 번 월급이 밀리자 뒤도 안 돌아보고 그만두었다. 사람들은 그런 나를 보며 회사 사정을 뻔히 알면서도 그만둔다며 손가락질했지만 나는 마음속으로 생각했다. '힝. 손가락질할 거면 월급이나 주고 하세요!'

반면 돈을 주면 어떻게든 일을 해낸다. 이러다 죽는 거 아닌가 싶을 정도로 아파도 일단 출근하고, 잠시 아프기를 미뤄뒀다가 퇴근하고 몰아서 아파한다. 공휴일 출근? 오, 빨간 날은 돈을 더 얹어주니까 오히려 땡큐다. 주말 출근? 이건 싫긴 하지만 그래도 일단 물어본다. "수당 줘요?"

극단적인 내향형이라 회식, 특히 노래방 회식을 혐오해서 노래방만 가면 동태눈으로 최대한 심드렁하게 자리만 차지하고 있다가도, 분위기 잘 띄운 사람에게 상금을 준다는 말이 들리면 빠르게 눈을 굴려 마이크를 찾고 "그럼 제가 한 곡조 뽑아 올리겠습니다!" 하며 나선다.

그런 나를 보며 팀장님은 인간의 탈을 쓴 자판기라고 했다. 성능 좋은 자판기. 보상만 잘해주면 어떻게든 플러스로 해내는 놈. 팀장님은 그렇게 나를 놀리면서도 일하는 동안 존중하고 신뢰했다.

이런 나름의 시스템으로 잘 굴러가던 자판기가 한동안 고장이 나 있었다. 자판기이기 전에 인간이었던지라 사랑에 눈이 멀어 시스템이 무너져버린 것이다. 수당 없는 야근을 할 때면 1분에 1밀리미터씩 입이 댓 발 나오던 내가, 퇴근 후 1시간을 운전해 남편(당시 남자친구)의 가게로 가서 일을 도왔고, 주말이면 주말을 모두 반납해 종일 일을 도왔다. 그래도 그저 좋았다. 사랑은 계산하지 않는 것이니까! (얼씨구?)

아무튼 나는 사랑에 취해 홀랑 결혼을 했고, 단번에 온 시가의 무료 자판기로 전락했다. 처음엔 같잖은 인정이라도 넣어주며 길을 들이는가 싶더니만 시간이 지나자 아주 맡겨놨다는 듯이 빼먹으려고만 했다.

츄파춥스 하나도 못 바꿔 먹을 시답잖은 인정(착한 며느리, 착한 아내)으로 퉁 치는 것도 영 마뜩잖은데 그마저도 이렇게 인색하게 굴다니! 난 그들이 괘씸했지만, 오히려 그런 나를 더 괘씸하게 여기는 건 상대편이었다.

그들은 나를 오만 시가 행사에 불러내어 온갖 무료 노동을 요구하더니만 원하는 만큼의 노동력이 나오지 않자 자판기를 쾅쾅 치기 시작했다.

"이런 나쁜 자판기, 부족한 자판기 같으니라고!"

'아, 뭐 맡겨놨냐고요!' 하고 발끈하면 당당한 비난이 돌아왔다.

"가족 일인데 네가 그냥 희생해야지. 이런 못된 자판기 같으니라고!"

**며느라기 때려치우고
엄마 집으로 돌아왔다**

얼마나 많은 여성의 노동력이 당연한 것으로 치부되며 제값을 받지 못하고 있는 걸까? 비단 나만의 일은 아닐 거라는 생각이 들어 입이 씁쓸해졌을 때쯤 호루라기 소리가 들린다. 9시가 되었으니 어머님, 아버님 들은 돌아가셔도 좋단다.

형광 조끼를 벗고 언니에게 끝났다는 문자를 보냈다. 언니는 바로 3만 원과 커피 기프티콘을 보내며 수고했다고 말을 전한다. 나도 '오 땡큐 땡큐' 하며 냉큼 돈을 받고 카페로 간다. 아이스아메리카노를 쭉 들이켜며 아까 생각났던 팀장님께 안부 인사를 보냈다. 팀장님은 나의 근황을 묻다가 백수라는 말에 잘됐다며 다시 내 밑으로 와서 일하라고 한다. '연봉 잘 챙겨줄게!'라는 말도 잊지 않는다. 부족하고 못된 자판기를 아직 성능 좋은 자판기로 생각해주는 것 같아 감사한 마음이 들었다.

정말 돈은 삭막하고 차가운 것이고, 사랑은 따뜻하고 계산하지 않는 것일까? '사랑하니까 네가 그냥 해줘'보다는 '연봉 잘 챙겨줄게'에 더 큰 배려와 존중을 느끼는 내가 삭막하고 메마른 사람일까? 나는 모르겠다.

푸어에도

타이틀이 있다

"이번엔 진짜 느낌 괜찮았는데….."

나는 중얼거리며 최종탈락 화면을 캡처했다. 취준생 시절, 거듭된 실패에 지쳐 이제는 원하는 게 무엇이었는지도 희미해진 나는 슬며시 고향집인 제주도행 항공권을 예매했다. 곧바로 본가로 내려와 며칠을 죽은 듯이 내리 잠만 잤고, 그 후 몇 달은 헬스장과 집만 오가며 시간을 보냈다.

나는 영원히 이렇게 살 게 되는 걸까? 아니, 못 살아. 이제 돈도 다 떨어졌거든! 이런 삶은 무용해 보이지만 이 구질구질함을 유지하는 데에도 꽤 값을 치러야 한다. 하는 일도 없이 몇 달 만에 통장은 바닥을 보였다. 이젠 진짜 정말 다시 일해야 할 때가

며느라기 때려치우고
아빠 집으로 돌아왔다

온 것이다.

하지만 도무지 움직일 기운이 나지 않았다. 길어진 취업 준비 생활에 의욕이 0에 수렴하여 어떤 것도 흥미롭지 않았고 그 무엇도 나를 자극하지 못했다. 나를 다시 일으킬 수 있는 건 아무것도 없을 거라고 생각했다. 나는 이렇게나 나를 몰랐다. 엄마 아빠는 한 번에 알았는데.

"너 취업하면 중고차 사줄게."

차? 구미가 확 당기는 제안이었다. 갑자기 이제까지 최종 탈락했던 게 잘된 일이라고 느껴졌다. 알아서 진즉에 취업했다면 차는 없었을 거 아냐. 이러려고 죄다 떨어진 거였어! 으하하. 갑자기 웃음이 났다. 나는 실실 쪼개며 취업 포털사이트에 들어갔다.

자, 여기서 한 군데만 들어가면 된다는 그 말이지? 그렇게 지원할 만한 회사를 하나씩 추리고 있는데 핸드폰 진동이 드르르 울렸다. 어랏? 전에 같이 일했던 회사 상사다. 이것은… 바로 내가 차를 갖게 된다는 복선이로구나! 목소리를 가다듬고 전화를 받았다. 역시나! 같이 일하자고 한다.

그것은 복선이라면 복선이었다. 그때는 직무고 뭐고 아무것도 보이지 않았다. 내가 원하는 건 오직 하나, 중고차! 경주마 같은 추진력으로 당장 면접을 보러 갔다. 그 와중에 이전보다 연봉도 좀 더 올려서 취업을 확정했다. 그러고 곧장 집으로 달려가서 아빠에게 당당하게 외쳤다.

"아빠, 차 사줘! 나 다음 주부터 출근해!"

아빠는 흔들림 없이 침착했다.

"너 언제 그만둘지 모르니까 6개월 다녀봐. 그다음에 사줄게."

아, 그래. 그만둘 수도 있지. 부모님은 생각보다 나를 더 잘 안다. 합리적인 의심이기에 대꾸할 수 없었다. 후… 그래, 6개월 존버(존중하며 버티기)다.

그러나 역시, 급하게 취업을 하면서 심지어 연봉도 올려 받을 수 있었던 것에는 다 이유가 있었다. 세상에 공짜는 없다. 그 회사는 1년에 한 번씩 외국 본사에서 직

며느라기 때려치우고
엄빠 집으로 돌아왔다

원이 와서 감사를 진행하는데, 이 업무 담당자가 갑자기 퇴사를 하면서 해당 부서의 대리가 그 일을 맡게 되었고, 감사의 모든 과정이 영어로 진행되기 때문에 보조 인력으로 급하게 나를 채용한 상황이었다. 나도 여기까지는 알고 있었다. 다만 담당 대리가 감사 전에 퇴사할 거라는 건 몰랐다. 저는 보조 인력으로 들어온 건데요…? 나는 그 회사가 어떻게 돌아가는지 파악하기도 전에 물 흐르듯 감사 담당자가 되었다.

　일하던 직원도 줄줄이 그만두게 만든 일인데 나라고 별수 있었을까? 나도 그만두고 싶었지만 참았다. 나에겐 뚜렷한 목표(중고차)가 있었으니까. '이게 된다고?' '이런 중요한 일을 이렇게 주먹구구식으로?'를 반복하며 이런 저런 우여곡절을 참아내다 보니 어느덧 아빠와 약속한 6개월이 흘렀다.

　아빠한테 차를 사달라고 말을 할 시간이 되었는데 차마 입이 떨어지지 않았다. 힘들게 돈을 벌다 보니 안타깝게도 입사 5개월 차에 철이 들어버린 것이다. 차 사달라는 말은 쏙 들어가버렸는데 그동안 차가 생기면 하고 싶은 일들을 어찌나 세부적으로 계획해왔는지, 나는 이미 차가 없는 내 인생은 상상하기가 어려웠다.

그때 큰언니가 나에게 말했다.

"막둥아, 너도 이제 타이틀을 달 때가 되었다. 이제까지 네가 그냥 푸어(poor)였다면 이제는 한 단계 성장하여 카 푸어(car poor)가 되어라."

푸어에서 카 푸어로, 카 푸어에서 하우스 푸어로 순조롭게 착착 격상 중이던 언니는 그렇게 장난스럽게 입을 열었지만, 거듭된 실패로 겁만 많아진 나에게 슬쩍 흘리듯 한마디를 덧붙였다.

"너도 이제 한 번쯤은 원하는 걸 가져보는 경험을 해봐야 해."

원해요, 차를…. 〈트랜스포머〉를 볼 때부터 원했어요, 쉐보레 스파크를! 며칠 뒤, 퇴근하고 회사 근처 쉐보레 자동차 대리점에 갔다.

"저 스파크 사려고요! 회색으로요!"

그리고 몇 주가 지나 나는 푸어에서 카 푸어 타이틀을 새로 달게 되었다.

이혼 이후 알게 된

진짜 나를 기르는 법

"어흐, 시끄러…"

머리가 띵할 정도로 모니터 속 글자가 시끄럽다. 조용히 말을 내뱉자 화면조정시간처럼 귀에서 삐 하고 이명이 울린다. 노트북을 덮고 등을 등받이에 기대 목을 뒤로 젖히고 눈을 감는다. 이명이 잦아들 때쯤 고개를 천천히 가누어 정면을 바라보다가 한 발로 바닥을 가볍게 밀어 의자를 빙글 돌린다. 천천히 돌아가는 속도에 맞춰 책상, 벽, 화장대, 거울, 침대, 옷장이 눈에 들어온다. 이곳은 내 방. 내가 도망친 곳. 간절하게 다시 돌아오고 싶었던 곳.

이곳은 낙원일까? 나는 낙원을 바라고 도망친 것은 아니었다. 그저 내가 원래 누리고 있던 삶, 나에게 배당된 1인 1시가가 없던 딱 1년 전의 삶. 나는 단지 그 정도만 바랐을 뿐이다. 근데 돌아온 이곳에 낙원은커녕 전국구 규모의 시집살이가 기다리고 있었을 줄이야!

세게 발을 디뎌 반대 방향으로 빠르게 의자를 돌린다. 그에 맞춰 생각도 과거로 돌아갔는지 문득 결혼 전 재미 삼아 봤던 사주 내용이 떠올랐다. 시가 자리가 안 좋다고 했던가? 기억을 더듬다가 작게 숨을 내쉬고 다시 노트북을 연다. 〈며느라기 때려치우고 엄빠 집으로 돌아왔다〉라는 제목의 3분짜리 영상을 클릭한다. 숨 돌린 잠깐의 시간 사이에 (연배는 알 수 없지만) 랜선 시어머님, 시아버님 들의 쓴소리가 쌓여 있다. 쭉쭉 스크롤을 내리며 고개를 저었다. '사주가 아주 틀리진 않았네.'

온라인 시집살이는 농담처럼 한 비유지만 현실의 그 것과 다르지 않았다. 말도 안 되는 억측과 도무지 논리라 곤 찾을 수 없는 말들, 심지어 다른 사람 몰래 나만 볼 수 있도록 댓글을 썼다 지우는 치졸함까지 어쩌나 현실의 시집살이를 쏙 빼닮았는지…. 인터넷 강국 대한민국이 감싸 안은 가부장제의 모습은 교묘하게 현대적이면서도

**이혼 이후 알게 된
진짜 나를 기르는 법**

동시에 쉰내가 팡팡 났다.

K-시집살이의 짬을 먹은 나는 사실 악플 내용 자체에는 상처받지 않았다. 본디 시집살이란 귀머거리 3년, 벙어리 3년, 장님 3년 코스로 개소리를 개 소리로 듣고 넘기는 고행의 과정이 아니던가. 속성으로 가르쳐주신 시가 식구들 덕분이라고 해야 할지, 나는 줄줄이 달린 악플을 귀나 후비적 파며 덤덤히 읽을 수 있는 깜냥은 되었다.

그런 내가 채널을 폭파할 만큼 스트레스를 받았던 이유는 그들의 말과 억측에서 나는 악취가 내 공간에 놀러온 여러 사람을 힘들게 했기 때문이다. 나와 비슷한 처지에 있는 누군가가 그런 쓰레기 같은 글에 자신을 투영하게 될까 봐 두려웠다. 너무 감사하게도 이런 두려움을 함께 느낀 사람들이 벙쪄 있던 나를 대신해 그들과 당차게 싸우며 쓰레기를 치워주셨다.

남의 집 귀한 여식의 손으로 내 집 살림을 대신 치우게 하는 시집살이의 전통을 나도 배우긴 했으나, 9년의 시간을 다 채우지 못하고 수료에 그친 탓일까? 나는 나를 대신해 쓰레기를 치워주는 그들에게 감사하면서도 동시에 엄청난 죄책감을 느꼈다.

'나 때문에… 나 때문에…'

우리 집 쓰레기는 내가 치워야 한다. 그렇게 나는 집의 대문을 걸어 잠그고 계정을 폭파해버렸다.

나는 시집살이를 통해 몰상식의 영역에 발을 들여 좋을 게 없다는 걸 배웠다. 그래서 모든 악플에 함구했다. 하지만 다음 종류의 악플에 있어서는 지금이라도 한마디 하고 넘어가고 싶다. 이것은 악플러들에게 하는 말이 아니다. 나 자신에게 그리고 나처럼 이혼 이후 제자리를 찾아가려는 사람들과 이혼을 진지하게 고민하는 사람들에게 해주고 싶은 말이다.

많은 사람이 나에게 실패한 사람이라고 했다. 사랑에도, 인생에도 실패했다고. 그들은 마치 염원하듯, 혹은 맹목적인 주문을 외우듯 절절히 나에게 실패를 주입했다.

…?
이혼 성공 스토리에 이 무슨 봉창 두드리는 소리세요?

**이혼 이후 알게 된
진짜 나를 기르는 법**

꽃길을 걸을 줄 알았던 나는 신혼여행을 다녀온 다음 날부터 시작된 며느리 잡기 판 위에 올라 자박자박하게 차오른 실패감 위를 축축하게 걸어야만 했다. 한 달이 채 되기 전에 설움으로 흘린 눈물이 발목까지 찼고, 조금 더 지나자 무릎, 허리까지 차올라 내 두 다리로 한 발도 떼기가 힘들어졌다. 그때쯤 나는 스스로 걷기를 멈췄고 아예 물 위에 몸을 띄워 흐르는 대로 살았다.

내가 실패한 사람이라면 결혼생활을 하는 당시에는 맞았다. 한 남자와의 사랑에도 실패했고, 그 과정에서 나 자신을 놓아버렸으니 내 인생에도 실패했다. 그 시절 누군가가 나를 보고 실패한 사람이라고 말했다면 유일하게 내 상황을 정확히 파악하고 공감해준 그에게 감사하는 마음을 가졌을 것이다. 그 정도로 나는 혼자서 외롭게 실패하고 있었다. 그리고 그 처절한 실패의 종지부를 찍기 위한 결정이 바로 이혼이었다.

둥둥 떠 있던 발로 다시 바닥을 딛고, 혼란스러운 마음과 현실의 두려움을 꾸역꾸역 다잡았다. 내 몫의 짐을 어깨에 짊어지고 거울 앞에 섰을 때 내 모습은 처참했다. 그동안 슬픔에 너무 오래 몸을 담갔던 건지 거울 속의 나는 머리부터 발끝까지 쪼글쪼글해져 있었다.

하지만 난 내가 안쓰럽지 않았다. 비에 젖은 강아지처럼 보이지 않았다. 거울 속엔 앞으로 어떤 비가 내려도 개의치 않을 내가 있었다. 어쨌거나 내 힘으로 우뚝 선 내가 보였다. 그때의 나는 내가 봐도 용기 있고 멋있었다.

한 남자와의 사랑은 실패했을 수도 있다. 하지만 내 사랑은 실패하지 않았다. 나는 이혼을 겪으면서 비로소 나 자신을 깊게 사랑하게 되었다. 내 사랑은 이제 방향을 제대로 잡았다.

이혼하지 않았다면, 내 인생은 어땠을까? 사실 너무 뻔해 궁금하지도 않다. 내가 속해 있던 곳의 여성은 모두 같은 삶을 살고 있었다. 나는 그중에서도 서열이 가장 낮았기 때문에 최대치로 노력해야만 그들의 삶(아들을 낳고 그들의 기준에 맞는 며느리의 도리를 끝까지 해내는 것)에 겨우 가닿을 수 있었을 것이다. 그곳에서 벗어났다는 것만으로도 내 인생 최악의 실패는 피한 게 아닐까?

이혼 후 나는 모든 것을 나의 의지대로 선택하며 그간의 실패를 만회하고 있다. 이제 나는 더 많은 기회를 만들어내고 더 많이 웃는다. 내 생각이 미치는 곳이 더 넓어졌다. 더 먼 시간을 바라본다.

**이혼 이후 알게 된
진짜 나를 기르는 법**

이혼 이후 많은 사람이 내가 실패하길 바랐다. 나를 실패라는 틀 안에 가두려 했다. 하지만 그들의 바람과 다르게 나의 사랑도, 인생도 실패하지 않았다. 그렇다면 나의 이혼은 무엇의 실패일까? 나는 명확히 말할 수 있다. 이건 가부장제의 실패다. 한 집안의 가부장제가 균열을 일으키다 무너진 것이다. 더 이상 우리는 이혼이라는 사건으로 무너지지 않는다. 이혼은 한 여성의 인생을 무너뜨릴 수 없으며, 결혼과 이혼으로 우리를 협박하고 옭아맬 수 있던 시대는 이미 붕괴되고 있다.

실패한 사람은 없다. 실패하고 무너지는 것은 오직 퀴퀴한 냄새를 뿜어내는 낡은 사고방식과 제도뿐이다.

엄마, 아빠 닮아서 그래

"너 다리 밑에서 주워온 거 알지?"

한 집안의 막내는 이런 소리를 들으며 자라야 한다. 어린 나는 '다리 밑'까지만 듣고도 눈물을 닥닥 떨구기 시작하는데, 성격이 이상한 언니들은 그런 내 모습을 보며 뒤집어지게 좋아하곤 했다.

하지만 막내도 성장하는 법! 엄마에게서 주워온 아이가 아니라고 확답도 받았겠다, 나는 자신만만하게 언니들을 향해 예리한 질문을 던졌다.

"엄마가 나 안 주워왔다고 했는데? 내가 주워온 아이라는 증거 있어?"

큰언니와 작은언니는 썩 사이가 좋은 편은 아니었음

**이혼 이후 알게 된
진짜 나를 기르는 법**

에도 나를 놀려먹는 데 있어서는 죽이 잘 맞았다. 언니들은 주거니 받거니 하며 하나씩 증거를 푼다.

언니들은 이름 가운데 글자가 같다. 근데 그 글자가 내 이름에는 끝에 달려 있다. 그 이유가 무엇이냐? 내가 주워온 아이이기 때문이다. 이름뿐이 아니다. 건강하고 힘이 넘치는 언니들과 다르게 나는 비실비실하고 늘 보약이나 한약 같은 것을 입에 달고 산다. 언니들은 초콜릿을 좋아하는데 나는 젤리를 더 좋아한다. 내가 제일 좋아하는 바나나킥과 계란과자를 언니들은 줘도 안 먹는단다. 나는 여러모로 언니들과 달랐고, 다르다는 것은 곧 주워온 아이라는 강력한 증거가 되었다. 분명 엄마가 아니라고 했는데…. 이쯤 되면 언니들은 마지막 한 방을 날린다.

"야, 새엄마한테 물어보면 당연히 안 주워왔다고 하지. 진짜 엄마한테 가서 물어봐! 너 주워왔다니까."

닥닥 떨어지던 눈물은 이내 대성통곡이 된다. 결국 엄마가 그만하라고 나서야 언니들은 놀리기를 멈추고 나지막한 목소리로 나를 달래는 시늉을 한다.

"야, 그만 울어. 새엄마가 조용히 하라잖아."

시간이 지나면서 다리 밑에서 주워왔는지 말았는지는 안중에도 없어지는 나이가 되었지만, 여전히 같은 배에서 태어난 자식이라도 나와 언니들은 다르다는 생각을 종종 한다. 언니들은 서로 닮은 점이 많았다. 그리고 그것들은 엄마 아빠의 장점을 골고루 섞어 물려받은 것들이었다. 깨끗한 피부, 넘치는 체력, 적당히 (혹은 초) 외향적인 성향, 높은 사회성과 생활력 등등.

그에 비해 나는 부모님의 단점을 물려받거나 아니면 장점을 물려받지 못함으로써 만들어진 결과처럼 느껴졌다. 아빠를 닮아 트러블이 많은 피부와 처참한 눈 시력(그 덕에 피부과 레이저와 시력 교정술로 돈이 솔찬히 들었다), 엄마를 닮지 못해 골골거리는 체력, 외향적인 부모님 밑에서 어쩌다 이런 애가 나왔지 싶은 극단적인 내향성과 생활인으로서 부족한 인내심 등등.

그렇기에 나는 스스로를 주워온 자식은 아니어도 유전자의 혜택을 덜 받은 자식이라 생각했고, 불공평하다는 마음을 품고 살아왔다. 하지만 나의 이런 생각은 이혼이라는 위기를 겪은 뒤 조금씩 바뀌기 시작했는데, 위기

**이혼 이후 알게 된
진짜 나를 기르는 법**

를 맞닥뜨렸을 때 엄마, 아빠 그리고 나 사이에서 비슷한 구석을 찾았기 때문이다.

엄마의 위기

적당히 잘사는 집의 큰딸이었던 엄마는 찢어지게 가난한 집의 큰아들인 아빠와 결혼한 뒤 고생길이 활짝 열렸다. 가난도 가난이지만 아빠의 엄마, 그러니까 나의 할머니는 아들부심이 대단한 분이었기 때문이다. 누군가를 너무 좋아한다는 것이 다른 누군가가 너무 싫어지는 이유가 되기도 하는 걸까? 할머니는 아들이 너무 예쁘고 자랑스럽다는 이유로 며느리를 무척이나 미워했고, 그 마음을 숨기지 못해 동네방네 며느리 욕을 그렇게 하고 다녔단다.

시집살이 이야기만 묶어도 책 한 권은 뚝딱이라는 엄마의 말은 과장이 아니었는데, 네이트판 레전드 썰도 시시하게 느껴질 정도로 엄마가 겪은 시집살이는 다채롭고 대단했다. 오죽했으면 엄마의 시누이인 고모들조차도 할머니 흉을 보며 엄마에게 이해를 바랐을까.

엄마는 어르고 달래는 시누이들을 보며 참고 또 참

앗지만, 나날이 정도를 더해가던 시집살이가 고작 1년 만에 사느니 마느니, 죽느니 마느니 하는 공갈협박까지 다다르자 결국 더 이상 참지 못하고 할머니와 가족들이 있는 앞에서 비어 있는 아기구덕(제주도식 아기 침대)을 엎어버렸다. (나는 이 대목에서 탄식했다. 엄마! 그걸 그냥 엎기만 했어? 아주 던져서 부셔버렸어야지!)

아무튼 그때를 기점으로 엄마는 목표를 '시댁 적응하기'에서 '집구석 탈출'로 방향을 틀었다. 할머니, 할아버지, (점점 늘어나는) 우리 가족, 작은 아빠까지 대가족의 살림과 육아를 독박으로 하면서도 직장생활을 병행하기 시작한 것이다!

글로만 읽어도 다크서클이 내려앉을 것 같은데 엄마는 이 고단한 시간을 무려 8년이나 버텼다. 그 8년의 시간 동안 끝내 할머니의 인정은 받지 못 했지만 그게 뭐 대순가? 대신 일터에서 충분히 인정받은 덕에 젊은 나이에 팀장직을 맡기도 하고 경쟁사에서 스카우트도 받으면서 활발히 사회생활을 했고, 돈도 살뜰히 모아 아파트를 매매, 꿈에 그리던 분가에 성공한다! 지금의 나보다도 한참 어린 20대의 엄마. 정말이지 장하다, 장해!

**이혼 이후 알게 된
진짜 나를 기르는 법**

아빠의 위기

근면성실함으로 가난을 흐릿하게 지워냈다는 생각이 들었을 때쯤 아빠는 갑작스러운 실직을 경험하게 된다. 50대 중년 남성. 딸린 자식은 셋. 그중 한 명은 취업 준비생이고 둘은 대학생이다. 한창 돈이 들어갈 시기에 실직이라니 절망적이다.

낭만파인 아빠는 그 당시 모녀끼리 유럽 여행을 보내주겠다는 꿈을 꾸고 있었는데, 예상치 못한 실직은 그 꿈을 구체화시켜보기도 전에 유럽 여행은커녕 당장의 생활비와 학자금부터 걱정해야 하는 상황으로 아빠의 등을 떠밀었다. 나쁜 일들은 친구가 많은 불량배처럼 몰려다니는 건지. 하필 이 시기에 집안엔 여러 불운이 겹쳐서, 이때 부모님은 얼마 있지 않은 땅을 팔고 적금이며 보험도 많이 깼다고 한다. 일구는 데는 수십 년이 걸려도 사라지는 건 순간이다.

얼마나 막막했을까? 나라면 어땠을까? 모르긴 몰라도 좋지 않은 방향으로 굴러갔을 것만은 확실하다. 그런 상황에서 절망에 허우적거리지 않을 사람은 없을 테니까. 아빠도 마찬가지였다. 아빠는 평소에도 술을 (무척)

즐기는 편이긴 했지만, 이 무렵에는 거의 술독에 빠져 살았다. 절망에서 허우적거리는 것보다 술독에서 허우적거리는 것이 나았을지도 모르겠다.

하지만 아빠는 특이하게 술에 절었다가도 아침이 되면 술독에서 빠져나와 착실하게 공인중개사 학원으로 향했다. 어쩌다가 갑자기 공인중개사 공부를 시작하게 된 건지는 모르겠지만 낮에는 열심히 공부하고, 밤에는 시간제 술꾼이 되어 부어라 마셔라 하며 좌절을 꿀떡꿀떡 삼켜냈다.

그렇게 밤낮으로 열정과 절망 사이를 오가는 이중생활을 하기를 1년, 결국 시험에 동차 합격해 공인중개사가 되었고, 새롭게 일을 시작하여 초토화된 가계부를 정리하고, 구멍 난 노후 자금을 메꾸었다. 현재는 원래 하던 일로 돌아가 정년이 지난 나이에도 꾸준히 출퇴근을 하고 있는데, 언젠가 회사에 다니지 못하게 되면 다시 공인중개사로 일할 거라고 한다. 아빠의 진로 계획을 들을 때면 아빠가 실직이라는 위기를 기회로 만든 건 확실하다는 생각이 든다.

그러니까 내가 1년 만에 결혼을 엎어버린 것은 1년

만에 구덕을 엎어버린 엄마를, 이혼 후 뜬금없이 유튜브를 시작한 것은 갑자기 공인중개사가 된 아빠를 닮았다고 볼 수 있다.

아무튼 나는 결혼생활을 엎고 집으로 돌아와 하루 종일 방에 콕 박혀 아이패드를 붙들고 앉아 있는 이 삶을 즐기고 있는데, 부모님 눈에는 그런 내 모습이 영 골칫거리인 것 같다. 아이패드 앞에서 거북목이 되어 있는 나를 보는 엄마의 눈에서 '저거 앞으로 어떻게 살려고 저러지?'라는 걱정과, 방구석에서 젊음을 다 보내고 있다는 안타까움이 느껴진다. 그럴 때면 엄마는 괜히 한마디 한다.

"야, 집에만 박혀 있지 말고 놀아도 밖에 나가서 놀아라! 같이 놀 친구 없냐?"

그럼 나는 엄마의 마음을 알면서도 괜히 "엄마, 나 친구 없는 거 하루 이틀이야? 친구가 왜 없겠어? 이게 다 내가 외향성이나 사회성을 못 물려받아서 그래" 하고 유전자 탓을 시전한다. 사실 내가 하고 싶은 말은 따로 있는데.

나는 엄마 아빠를 생각보다 많이 닮았고 그래서 다행이라고 생각한다고. 남들처럼 힘차게 저벅저벅 앞으로 나아가는 모양은 아니지만, 엄마 아빠를 닮았으니 진창에 빠져도 바닥을 구르면서 전진하고 있을 거라고. 종종 절망에 빠지긴 하지만, 그리고 엄마 아빠는 주로 그런 때의 나를 보게 될 테니 걱정이 되겠지만! 우리 각자가 활동하는 낮에는 나도 무언가에 열정을 뿜으면서 열심히 이중생활을 하고 있으니 걱정하지 말라고. 그리고 무엇보다 이제까지 내가 엄마 아빠를 닮았다는 걸 알아채지 못하게 내 삶에서 큰 위기를 겪지 않게 잘 막아줘서 고맙다고.

하지만 나는 이런 따뜻한 말은 한마디도 하지 않고 "그리고 나는 밖에 나가면 힘이 다 빠져! 이건 엄마가 체력을 안 물려줘서 그런 거잖아. 내가 체력만 좋았어 봐. 집에 들어오라고 사정해도 안 들어오지" 하고 툴툴거린다. 나는 정말 왜 이 모양이지? 아무래도 이것도 속마음을 잘 표현하지 않는 엄마를 닮아서인 것 같다!

**이혼 이후 알게 된
진짜 나를 기르는 법**

향기가 났다 낯선 할아버지의 내 남자에게서

20대의 어느 날, 당시 만나던 남자친구가 말했다.

"어제 아빠가 좋은 아내이자 며느리의 덕목을 말해줬는데 첫 번째가 너그러움이래. 두 번째는 뭔지 알아?"

"몰라. 효심? 근면함?"

"그치? 나도 그런 거 말씀하실 줄 알았는데 외모래. 듣고 빵 터졌어!"

"외모라고? 야, 겁나 웃긴다."

우리는 양반 중 양반인 그의 아버지가 외모를 두 번째 덕목으로 꼽았다는 사실과 첫 번째 덕목에서부터 나는 이미 탈락이라는 사실에 낄낄거리며 웃었다. 그 뒤로 7년의 시간이 흘렀고, 30대가 된 우리 사이에 자연스럽게 결혼이라는 주제가 머리를 들이밀기 시작했다. 슬금슬금 결혼이 현실의 영역에 들어오자 그간 까맣게 잊고 있던 그의 아버지의 말이 문득문득 떠올랐다. 그리고 그 말이 떠오를 때면 어쩐지 내 마음은 조용히 가라앉았다.

분명 20대의 나는 그 말이 웃기다고 생각했는데 지금은 왜 불편할까? 내가 너그럽지도 않고 준수한 외모를 갖지도 못해서 괜한 자격지심이 드는 걸까? 하지만 그의 아버지가 유쾌함이나 호탕함과 같은 것을 덕목으로 꼽았다고 하더라도 나는 웃을 수 없었을 것 같다. 그 말은 외롭고 쓸쓸했다. 좋은 남편과 사위는 온데간데없고 좋은 아내와 며느리만 덩그러니 존재하는 세상에서 나라는 사람은 벌써 안개처럼 흐려지는 것 같아서.

그렇게 우리 사이에 결혼에 대한 이야기가 나올 때면

이혼 이후 알게 된
진짜 나를 기르는 법

나는 계속해서 물을 수밖에 없었다. 그리고 질문이 많아질수록 우리 사이는 자꾸만 어긋났다. 너와 나로 만나온 시간을 다 합하면 10년이었음에도 장남으로서의 그와 며느리로서의 나의 만남은 마치 첫 만남처럼 어색했다.

"야, 너는 젊은 애가 왜 이렇게 생각하는 게 할아버지 같냐?"

너그럽지 못해서 말을 이따위로밖에 못하는 나는 그를 비난했고, 그는 나를 이해한다고 하면서도 자꾸만 어쩔 수 없다고 했다.

"어쩔 수 없으면 어쩔 수 없지…"

물론 그것만이 이별한 이유의 전부는 아니지만(어쩌면 작은 일부였을 수도 있겠지만), 아무튼 우리는 어쩔 수 없는 무언가를 어쩔 수 없었기에 균열을 더해가다 결국 서로 다른 길을 걷기로 했다. 잘된 일이었다. 시간이 지나 결혼을 원했던 그가 다른 사람을 만나 가정을 꾸렸다는 소식에 조용히 마음으로 축하했고, 나는 내가 원하던 대로 그냥 나로 살았다.

그 시간을 통해 나는 좀 더 명확하게 알게 되었다. 나는 결혼이 필요한 게 아니었다. 마음이 잘 맞는 누군가와 시시콜콜한 이야기를 나누고 맛있는 것을 먹고 같이 좋아하는 음악을 듣고 싶었다. 하지만 30대의 남자들은 그걸로는 성에 안 차는지 자꾸만 나를 설득하려 했다. 정말이지 피곤했다.

그렇게 연애도 포기할까 할 때쯤 구남편을 만났다. 그는 결혼의 필요성을 모르겠다는 내 말에 조용히 끄덕이며 자신도 그렇다 했다. 그냥 좋은 사람이 옆에 있으면 되는 거라고. 그의 대답은 신선했다. 콧구멍으로 푸릇한 풀냄새가 들어오는 것 같았다. '내가 만약 결혼을 한다면 이 사람이랑 하겠구나'라는 생각이 들었다.

그는 당연함에 의문을 품을 줄 아는 사람이었다. 그는 그의 어머니와 동생이 겪는 아내와 며느리로서의 삶에 의문과 안타까움을 품었다. 그가 그리는 가정의 모습은 내가 그린 가정의 모습과 비슷했다. 우리가 그린 그림의 중심에는 늘 부부가 있었다.

차곡차곡 쌓이는 그의 말과 다짐 그리고 행동에 나

는 그와의 결혼을 확신하게 되었다. 결혼을 약속한 뒤, 우리 부부 사이에 가족이 끼면 각자의 가족은 알아서 막아주자고 먼저 말을 꺼냈던 것도 그였다. 무조건 배우자의 감정을 가장 우선으로 생각하고 늘 배우자 편을 들어줘야 한다며 나에게 신신당부했다.

'뭐야, 진짜 완벽하잖아? 내가 남자 하나는 기가 막히게 골랐구나! 이렇게 세련된 생각을 스스로 할 줄 알다니!'

나는 깊이 감명받았고 그의 세련된 사고방식을 동네방네 자랑하며 우리의 결혼 소식을 주위에 알렸다. 아아, 나는 늘 입이 문제다. 지금 이 글을 쓰면서도 그 당시가 떠올라 괴롭다. 나불거리던 내 주둥이를 한 대 치고 싶다. 입! 입! 입!

아무튼 그렇게 결혼식과 신혼여행까지 단숨에 해치우고 드디어 우리의 결혼생활이 시작되었다. 남편은 가게를 다시 열었고 나는 정리되지 않은 집을 쓸고 닦았다. 공사의 흔적이 고스란히 눌어붙고 분진이 날리던 집을 '이제 숨은 편히 쉴 수 있겠다' 싶을 정도의 상태로 만드는 데는 꼬박 일주일이 걸렸다.

그제야 한시름이 놓였고 긴장이 풀리자 몸살이 찾아왔다. 남편 가게 일을 도우러 갈 시간이 되었지만, 두통은 가시지 않았고 어차피 비수기라 손님도 없어 집에서 잠시 눈을 붙이기로 했다. 남편도 그간 너무 고생 많았다며 푹 쉬라고 했다. '이제 이 두통만 가시면 진짜 알콩달콩한 신혼 생활이 시작되겠지?'라는 생각을 하며 설핏 잠이 들 뻔했을 때 전화벨이 울렸다. 시어머니였다. 나의 몸살 소식에 시어머니는 안부 아닌 안부를 물었다.

"아이고, ○○아. 아프다면서? 네가 너무 놀아서 몸이 아픈가 보다."

이딴 식으로, 굳이 하지 않아도 될 말들을 덧붙이면서. 결혼 전까지는 무엇 하나 흠잡을 곳 없는 시어머니였기에 나는 어안이 벙벙한 상태로 전화를 끊었고, 남편이 집에 돌아왔을 때 섭섭한 마음을 토로했다.

내 투정에 남편이 "몸도 아픈데 그런 말 들어서 속상했겠다" 정도만 했어도 "응, 좀 속상하더라. 근데 어머님도 그런 의도로 하신 말씀은 아니었을 텐데 내가 아파서

**이혼 이후 알게 된
진짜 나를 기르는 법**

좀 예민했나 봐" 하고 넘어갈 수 있었을 것이다. 하지만 배우자의 감정을 제일 우선으로 생각하자고 신신당부했던 그는 내 말을 듣더니 입을 뗐다.

"그냥 하시는 말씀인데 왜 그렇게 예민해? 그냥 농담이잖아. 나쁜 의도도 아닌데 왜 안 좋게만 받아들여?"

응…? 뭐라고…?

"막말로 우리 엄마가 쌍욕을 한 것도 아니잖아."

그의 어이없는 말에 되받아치려 크게 숨을 들이켜는 순간 어떤 쉰내가 내 코를 스쳤다. 앗, 이런…. 또다시 내 남자에게서 낯선 할아버지의 냄새가 나기 시작했다.

나는 바글바글 끓고 있었다. 이왕 끓는 마음이라면 화산처럼 펄펄 끓다 폭발했어도 좋았으련만. 그때의 나는 그럴 만한 체력도 남아 있지 않아 그저 어디론가 증발하고 싶다는 소망만 품으며 수증기처럼 끓고 있었다. 사라지고 싶다. 밥타령이 없는 곳으로! 밥, 그놈의 밥!

나는 말 그대로 밥에 노이로제가 걸려 있었다. 밥을 안 먹고는 살아도 밥타령을 들으면서는 못 살겠구나 싶어졌을 때, 나는 남편에게 제안했다.

"그래! 가게 일, 집안일, 시댁 일까지 입 다물고 다 할게. 다 할 테니까 대신 나한테 밥 해 먹이라는 그 밥타령

**이혼 이후 알게 된
진짜 나를 기르는 법**

만 안 듣게 해줘!"

남편은 말이 없었다. 무언가 생각하는 눈치였다. 설마 결혼 전에 나에게 했던 "오빠가 우리 ○○이 집에서 좋아하는 음악 듣고 책이나 읽으면서 살게 해줄게!"라는 말과 방금 내가 한 말의 괴리를 느낀 걸까? 그래, 생각이 있는 사람이라면 느끼는 바가 있겠지. 곰곰이 생각하던 남편은 입을 열었다.

"○○이가 밖에서 돈 벌어오면 밥타령은 안 하실 거야. 설마 출근하는 사람한테도 밥타령을 하시겠어?"

뭐? 밖에서 돈? 저건 또 무슨 참신한 개소리람? 내가 집에서 노냐? 어? 놀아?

나는 남편과 같은 가게로 출근해 그와 마찬가지로 생판 모르는 남을 상대로 돈을 벌었다. 근데 어째서 남편이 버는 돈은 밖에서 버는 돈이고 내가 버는 돈은 그렇지 못한 걸까? 아니, 설마 나는 돈을 안 번다고 생각하는 건가? 순간 부아가 치밀어 험한 말이 나올 뻔했지만 이

내 삼켰다. 욕도 아깝다는 어른들의 말을 이럴 때 쓰는 거구나. 역시 결혼은 사람을 어른으로 만든다고 스스로를 어르고 달래며 긍정 회로를 돌리기 시작했다.

가게는 비수기에 접어들어 매출이 뚝 떨어진 상태였고 우리가 갚아야 할 빚은 여전했다. 그가 말하는 '밖'에서 한 푼이라도 벌면 가계에 도움이 될 것이다. 그렇게 나는 지저분한 언쟁 대신 남편의 말에 동의하기로 했다. 나에게는 어떻게든 밥타령을 멈추는 게 그만큼 절박했다.

나는 바로 일자리를 찾기 시작했다. 성수기가 되면 가게로 복귀해야 했기 때문에 (내가 일하는 시간만큼 아르바이트를 고용하면 최저임금으로 계산해도 최소 300만 원 이상이 나간다는 사실을 알면서도 돈을 인 비는 사림 취급을 했다는 게 참 어이없지만!) 기간제 일자리를 찾아보았다. 때마침 집 근처 공공기관에 자리가 하나 있었고 운 좋게 바로 출근하게 되었다. 그리고 그곳에서 선생님을 만났다. 우리 시어머니와 동갑이던 선생님을.

선생님은 입사 1년 차면서 동시에 그해 정년 대상자였다. 이는 정년을 1년 남긴 시점에서 공무직 시험을 보고 입사했다는 말이다.

**이혼 이후 알게 된
진짜 나를 기르는 법**

"아니, 쌤! 그럼 합격해도 1년밖에 못 다니는데 그 공부를 하신 거예요? 저 같으면 합격해도 억울할 것 같은데요?"

선생님은 자식을 키우며 살림만 한 적도, 일반 회사에 다닌 적도 있었는데 무엇을 하든 늘 마음속에는 공직에 대한 꿈이 있었다고 했다. 공직에서 정년을 보내자고 꿈을 구체화했을 때는 시험에 합격하더라도 1년밖에 못 다니는 나이가 되었단다. 1년과 꿈. 둘 중 꿈에 초점을 맞춘 선생님은 바로 공부를 시작했고 당당히 시험에 합격해서 입사했다. 이 말을 나에게 해주던 때는 공직에서 정년을 보내고 싶다는 꿈을 이루기 불과 몇 달 전이었다. 호기심을 자극하는 귀한 어른이었다.

그 기관은 구내식당도 없이 외떨어진 곳에 있었기에 우리는 점심 도시락을 싸서 다녔다. 나는 시간에 쫓기며 사느라 제대로 된 식사를 챙기지 못한 채 매일 불린 오트밀과 바나나, 아메리카노 한 잔으로 아침부터 퇴근까지 허기를 달랬다. 선생님은 그런 나를 보며 어떻게 이것만 먹고 사냐고 걱정하시면서 과일이나 간식을 살뜰히 챙겨주셨다.

아! 물론 우리 시어머니도 걱정이 이만저만이 아니셨다. 퇴근 후 서둘러 집안일을 하고, 남편의 가게로 다시 출근해 어머니께 인사를 올리면, 어머니는 점점 말라가는 나에게 살 좀 쪄야겠다며 이게 다 바쁘다고 밥을 안 해 먹어서 그런 거라는 걱정의 말을 아끼지 않으셨다.

며느리에 대한 못마땅함을 숨기지 못하는 어머니의 밥맛 떨어지는 걱정을 반찬 삼아 눈칫밥을 고봉으로 먹고 집으로 돌아가면 끓어오르는 서러움에 잠을 이루지 못했고, 아침이 오면 미처 식혀내지 못한 서러운 마음을 안고 다시 출근을 했다.

아는 어른이 있다는 건 친구에게도 가족에게도 하기 힘든 말을 할 사람이 있다는 깃일지도 모르겠다. 그때쯤 나는 처음으로 입 밖으로 이혼에 대한 말을 꺼냈다.

"선생님, 저 이혼하고 싶어요."

선생님은 나를 평가하지 않았다. 다만 그날부터 나에게 경제적 자립을 할 수 있는 방법을 하나하나 알려주셨다. 시청이나 도청 홈페이지에 괜찮은 일자리가 나면 출력해서 가져다주셨고, 주거 안정을 이룰 수 있게 행복

**이혼 이후 알게 된
진짜 나를 기르는 법**

주택이나 국민임대주택, 부동산 관련 정보도 알려주셨다. 나란히 앉아 핸드폰을 들여다보며 주식 계좌를 만드는 법에서부터 매수, 매도 방법을 알려주셨고, 처음 삼성전자 주식을 한 주 매수하자마자 2천 원이 떨어졌을 때 세상 무너진 얼굴을 한 나를 보며 웃고, 치킨값을 벌었다고 좋아했을 땐 앞으론 더 많이 벌 수 있다고 격려해주셨다.

그 시간은 카페에서 사이펀으로 내린 커피를 마실 때의 시간과 닮았다. 선생님은 끓어오르는 나의 마음을 나무라지도, 식히려 들지도 않았다. 그저 바글바글 끓다가 곧 사라질 것 같은 나의 마음 위에 조용히 곱게 간 원두 가루를 올렸을 뿐이었다. 까맣고 씁쓸한 원두 가루는 선생님이 살아온 시간 동안 겪었던 까맣고 씁쓸한 사건들이었고, 구수한 향은 그 시간에 들들 볶이는 동안 만들어진 지혜였다.

선생님은 내가 천천히 스며들길 기다려주었다. 허공으로 사라지려던 나는 그 안에 머물다 한 잔의 커피가 되어 다시 땅을 밟았고, 우리는 그 커피를 나눠 마시며 각성과 휴식을 공유했다. 여성에게 주어진 삶의 궤도를 유쾌하게 벗어날락 말락 하는 선생님의 이야기를 달콤한 디저트로 곁들이며.

몇 개월이 지나 선생님은 정년퇴직을 했고 나의 기간제 계약 기간도 끝났다. 그 후 나는 결혼생활에 종지부를 찍었고 우리는 또 한 번 만났다. 선생님은 그전까진 나에게 이혼에 관해선 아무런 말씀도 하지 않으셨다. 그저 내가 자립할 수 있는 방법만 알려주었을 뿐이었다. 하지만 모든 과정이 끝나자 선생님은 함박웃음을 지으며 나에게 말했다.

"나는 쌤이 얼마나 야무지고 똑똑한지 모르겠어. 1년만 겪고 그렇게 결단을 내려서 다시 시작하는 게 얼마나 멋져? 이제 재밌게 살아요, 쌤!"

우리는 과거가 아닌 미래에 대해 이야기를 나눴다. 나는 얼른 안정을 이뤄서 독립하고 싶다고 했고, 선생님은 영어를 배우고 싶다고 했다. 여행을 갔는데 언어가 안 통해서 너무 아쉬웠다고. 여기서 말을 마무리 지으면 내가 아는 선생님이 아니다. 선생님은 이제 은퇴했으니 필

**이혼 이후 알게 된
진짜 나를 기르는 법**

시어머니가 보면
놀라 나자빠질

아침 식사

리핀으로 어학연수를 가겠다는 말을 덧붙였다.

　코로나로 그 계획은 미뤄졌지만 나는 선생님이 언젠가 그곳에 가서 열심히 영어 공부를 하고, 필리핀의 바다를 보며 커피 한 잔을 즐기고 있을 거라 믿는다. 그때는 이 글이 선생님의 커피타임에 달달한 디저트가 될 수 있었으면 하는 바람이다.

이혼 이후 알게 된
진짜 나를 기르는 법

결혼을 생각한다면 이혼을 읽으세요

3분짜리 영상 3개였다. 합해서 10분이 되지 않는 짧은 영상이었다. 이혼 후의 마냥 좋지도, 마냥 슬프지도 않은 일상을 담은 이야기였다. 홀가분함도 있었고, 다시 시작해야 하는 막막함도 있었다. 작은 취미를 찾은 이야기도 있고, 헛헛함도 있는 평범한 일상이었다.

이혼을 해라, 마라는 애초에 내 이야기의 주제도 아니었다. 첫 영상을 올릴 당시에 나는 가진 것도, 해야 할 일도 없는 말 그대로 개털이었기 때문에, 오로지 다시 사람 꼴을 갖춰야 한다는 생각에 지배당한 상태였다. 누군가의 이혼이나 결혼에 입을 댈 마음의 여유가 없었다. 그런데 나도 모르는 사이에 내 영상에는 사람들에게 이혼을 선동하는 영상이라는 딱지가 붙었다.

　　사람들은 우르르 몰려와 너만 이혼했으면 됐지 남들까지 이혼시키려 한다며 돌을 던지고, 떨어지는 출산율에 죄를 물었다. 나는 조금 혼란스러웠다. 방금까지는 나에게 버러지라고 하더니 갑자기 한국 이혼율의 책임이 나에게 있다고 하고, 또 갑자기 나를 똥이라 하더니(솔직히 똥이라는 표현은 너무 유치해서 저항 없이 웃을 수밖에 없었다.) 이제는 출산율을 떨어뜨려 나라의 기강을 흔든다고 한다. 나를 향해 쏟아지는 360도 팽그르르 돌아버린 말들에 정신이 혼미해졌다. 그래도 버러지나 똥에 머무르지 않고 사람 취급을 해주긴 한 것에 감사해야 하나?

　　아무튼 나라가 걱정되어 몹시 화가 난 사람들은, 나라 생각은 안중에도 없는 매국노이자 희생이라곤 모르고, 애도 안 낳고, 거기에 이혼까지 해버린 천하의 나쁜 X인 나에게 뭇매를 때렸다. (이는 모두 실제로 달린 댓글이다.) 이혼 경력직인 나는 코웃음이 났다. 어디 이혼도 안 해본 것들이 굼벵이 앞에서 주름을? 내가 이혼을 해봐서 아는데 이혼이라는 것은 말이다, 아무리 옆에서 등을 떠밀어도 남의 말 몇 마디로 쉽게 결정할 수 있는 문제가

**이혼 이후 알게 된
진짜 나를 기르는 법**

아니다. 이혼이라는 글자 앞에서는 많은 얼굴이 스쳐 지나간다. 가족, 친구들처럼 생생한 얼굴도 있지만 안개처럼 가리어진 얼굴도 있다. 이름은 알지만 전혀 왕래가 없는 동창부터 예전에 함께 일했던 직장 동료들은 물론, 아직 나를 만난 적은 없지만 미래에 만나게 될 사람들까지. 그 형체 없는 실루엣마저도 이혼하려는 나를 말린다.

그렇기에 이혼은 내 인생에서 가장 신중하게 생각하고, 가장 오래 참고 견딘 뒤 내린 결정이다. 나뿐 아니라 이혼을 겪은 다른 사람들도, 이혼을 고민하면서도 결혼생활을 유지하는 사람들도 마찬가지일 것이다. 이혼은 결코 절대 네버 쉬운 일이 아니다.

때로는 내가 정말로 남을 이혼시킬 능력이 있었으면 할 때도 있다. 바람, 도박, 폭력, 지나친 시집살이 등으로 정말로 이혼을 해야 숨통이 트일 상황임에도 이혼까지 가는 경우는 드물다. 아무리 머리로는 알고 있어도, 스스로를 설득해봐도 결정을 내리기는 쉽지 않다. 나 자신의 말도 들리지 않는데 얼굴도 모르는 남의 말이 귓등에 닿기나 할까?

자, 그러니 이혼 안 해본 사람은 입을 다물자. 꼰대

같지만 이혼 경력직으로서 말하자면, 이혼을 종용하는 건 다른 누군가가 아니라 그 가정의 불화다. 누가 나에게 이혼을 하라고 암만 고사를 지내도 내가 속한 가정이 행복했다면 '뭐래?' 하면서 보고 넘겼을 것이다. 누가 나에게 이혼해보니 너무 힘들다며 너는 절대 이혼하지 말라고 도시락을 싸서 다니며 말렸더라도 난 도시락 뺏어 먹은 힘으로 끝내 이혼했을 것이다. 그러니 이혼율과 출산율이 너무너무 걱정된다면 자신의 가정, 그리고 자신이 만들 가정에 어떤 행복의 씨앗을 뿌릴지를 고민하자. 생판 모르는 이혼녀를 손가락질하는 것보다 빠르고 효과적일 것이다.

반대로 결혼을 앞두고 내 영상을 봤다는 분들도 많았다. 재밌다는 분들도 있었고, 결혼 전에 이러이러한 점을 생각해보고 잘 살아야겠다는 분들도 계셨다. 어떤 교훈적인 목적으로 만든 영상이 아니라 이렇다 저렇다 할 수는 없지만 이왕이면 나의 결혼 실패 스토리를 반면교사 삼아 봐주시는 분들이 더 많았으면 좋겠다.

과거에는 집에 바니타스화(삶의 덧없음을 상징하는 해골, 촛불, 꽃 등을 그린 정물화)를 두었다고 한다. 죽음을 상

**이혼 이후 알게 된
진짜 나를 기르는 법**

징하는 그림을 보며 생을 더 생생하게 살라는 의미로 말이다. 그런데 바니타스화를 보며 '이건 죽음을 뜻한다!'라고 한다면 그건 영 맥락을 잘못 짚은 것일 테다. 그런 사람은 아무리 설명을 해줘도 '어휴, 너무 무서운 그림이야'라고밖에 해석하지 못할 것이다.

이혼을 하라고 만든 영상이, 쓴 글이 아니다. 살면서 죽음을 생각하듯, 결혼에 있어서도 이혼을 생각했으면 좋겠다. 결혼생활이, 나의 배우자가 삶에서 당연해질 때 내 영상과 책이 일상의 소중함을 잠시라도 환기시킬 수 있었으면 좋겠다.

그런 의미에서 나의 이혼서가 결혼을 앞두고 읽혔으면 한다. 서로 노력하지 않으면 언제고 끝날 수 있음을 인지하고 오래오래 서로를 아끼고 사랑했으면 한다. 사랑을 기반으로 한 가정이 꽃피울 수 있기를. 그런 가정에서 아이들이 태어나고 자랄 수 있기를. 알고 보면 애국자인 나의 바람이다.

만사가 다 귀찮고 모든 것을 놓아버리고 싶은 그런 날이면 나는 침대에 누워 열심히 사는 사람들의 영상, 일명 '갓생' 영상을 찾아본다. 영상 속 사람들은 다들 규칙적으로 운동이나 공부 같은 생산적인 활동을 하고 심지어 그걸 즐긴다. 내체 어쩌면 그럴 수 있지? 나도 그들과 똑같이 눈, 코, 입, 팔, 다리가 달린 사람인데 어째서 그들과 달리 내가 좋아하고 즐기는 건 하루 종일 누워서 꼼짝도 안 하기, 종일 끼니 거르기, 할 일 뒤로 미루고 망상에 빠지기 등 죄다 비생산적인 것뿐인지 어이가 없다.

어느새 생산적인 사람들의 일상이 내 유튜브 알고리즘을 꽉꽉 채웠다. 하나하나 보면서 시간을 허비하다 보

150

**이혼 이후 알게 된
진짜 나를 기르는 법**

면 '이 사람들은 이렇게 열심히 살고 있는데 난 이게 뭐 하는 짓이람?' 하는 찝찝하면서도 불편한 마음이 차오른다. 하지만 이럴 때만 생기는 간헐적 포용력으로 10퍼센트의 즐거움과 90퍼센트의 찝찝함을 끌어안고 타인의 갓생 라이프를 마저 즐긴다. 그렇게 1시간, 2시간이 흐르다 보면 머릿속에서 경고음이 울린다.

'야, 이제 그만하고 일어나라. 좋은 말로 할 때 그만해. 너 진짜 그러다 망한다.'

이렇게 경고음이 울릴 때 그만하면 좋으련만 여전히 이불 속에서 꾸물거린다. 나는 왜 좋은 말로 하면 들어먹지를 않는 걸까? 난 예나 지금이나 좋게 말할 때 들어먹지 않고 꼭 두들겨 맞은 다음에야 정신을 차린다.

말보다 주먹이 빨랐던 큰언니와 달리 작은언니는 온순한 성품을 가진 사람이고 막둥이인 나를 살뜰하게 챙겼다. 아주 어렸을 때의 나는 언니를 잘 따르는 착한 동생이었기에 우리는 사이가 참 좋았다. 그런 우리 사이에 갈등이 일어나기 시작한 건 내 머리가 점점 커감에 따라

비열한 어린이가 되면서부터였다. 무서운 큰언니에게는 찍소리도 못 했으면서 어쩌면 작은언니는 내가 이길 수 있을지도 모르겠다고 생각한 나는 호시탐탐 작은언니에게 기어올랐다.

언니는 새를 끔찍하게, 정말로 끔찍하게 싫어했다. 혐오와 공포가 섞인 감정에 가까웠는데 어찌나 싫어했는지 언니는 새의 동그란 눈과 그 속에 박힌 동그란 눈동자, 앙상한 발과 뾰족한 발톱, 날카로운 부리, 퍼덕거리는 날갯짓 소리 등 구석구석을 꼬집으며 죄다 싫어했다. 얼마나 공포스러웠는지 텔레비전에서 새가 클로즈업만 되어도 으아악 하면서 채널을 돌리곤 했다.

나는 언니의 약점을 노렸다. 대단한 건 아니었고 입으로 "구구구구" 소리를 내면서 언니를 쫓아가거나, 손을 뾰족하게 오므려서 새 부리 모양처럼 만들어 쪼는 시늉을 하는 정도였다. 그런 별것 아닌 행동에도 으아아악 거리는 언니의 모습이 재밌었다. 언니는 그럴 때마다 "하지 마! 하지 마!" 하며 도망갔었는데 세상의 모든 일은 하지 말라고 할 때 곱절로 재미있어지는 법이므로 나는 멈추지 않았다.

그러던 어느 날, 나는 언니의 경고를 무시하고 선을

넘었다. 평소에는 '구구구구'와 쪼는 시늉 중 하나만 가지고 놀렸는데 그날은 도발적으로 두 가지를 동시에 하며 언니의 팔을 한 번 콕 하고 쪼았던 것이다. 그날 언니는 반응이 달랐다. 하지 말라며 도망갔어야 하는 언니는 갑자기 내 손을 휙 하고 잡더니만 "내가 하지 말라고 했지!!!!"라고 소리 지르며 다른 손으로 내 머리를 뚝배기 깨듯이 죽어라고 때렸다. 너무 많이 맞아서 뇌세포가 다 죽어버린 건 아닐까 하는 걱정이 들 정도로 뇌가 울리게 맞았다.

그날 이후로 언니 앞에서 "구구크러스트 먹잰(먹을래)?"이나 "9×9=81"을 말할 때를 제외하고는 다시는 구구를 입 밖에 꺼내지 않았고, 언니가 나를 아무리 열받게 해도 손을 뾰족하게 오므리지 않았다. 왜냐면 언니가 그날 진짜 많이 참아서 이 정도만 때린 거라고 말을 보탰기 때문이다. 언니를 잘못 건드리면 뇌진탕으로 죽을 수도 있겠다고 생명의 위협을 느꼈기에 남은 초·중딩 시절을 얌전하게 보냈다.

또다시 문제가 생긴 건 내가 고등학생이 되면서였는데, 언니만큼 키가 크면서 또 한 번 기어오를 만하다는 착각에 빠졌기 때문이다. 나는 정말이지 늘 이게 문제다. 학습이 안 된다, 학습이.

아무튼 키가 제법 큰 고등학생이었던 나는 크고 작은 자매간의 다툼을 겪던 어느 날, 갑자기 언니를 한 대 치고 싶다는 생각이 들었다. 근데 이때는 솔직히 언니도 잘못이 있었다. 무식한 사람에게 무식하다고 놀리는 건 선을 단단히 넘는 짓이다. 언니는 내가 몇 번 경고했음에도 불구하고 그날도 나보고 무식하다며 조롱했고 나는 언니에게 본때를 보여주기로 결심했다.

"이야아아아! 죽어엇!"

난 주먹을 힘껏 쥐고 언니에게 달려가 휘둘렀다. 내가 생각한 나의 주먹질은 언니의 몸에 퍽퍽 꽂히는 모습이었는데, 현실 속 나의 주먹질은 꿈속에서 날린 주먹처럼 매가리가 없었다. 내 주먹은 어디에 꽂히기는커녕 언니의 머리카락도 제대로 스치지 못했다. 언니는 한 손으로 여름철 성가시게 구는 초파리 쫓듯 팔랑팔랑 손을 저으며 내 주먹을 툭툭 허공에서 흩트리며 말했다.

"하지 마라. 좋은 말로 할 때 하지 마. 이제 그만해라."

**이혼 이후 알게 된
진짜 나를 기르는 법**

이때 그만했으면 참 좋았으련만. 나는 내가 언니에게 어떤 타격감을 줬다고 착각하며 신나게 주먹을 더 휘둘렀다. 이얍! 그때 언니가 소리를 빽 질렀다.

"하지 말라고 했지!"

그 말을 들은 기억은 나는데 어쩌다가 거실과 부엌 사이에서 싸우던 내가 베란다 앞으로 굴러갔는지는 기억이 나지 않는다. 언니의 발길질 소리에 방에서 컴퓨터를 하던 큰언니가 나와서 시끄럽다고 이제 그만하라는 명령을 내렸고, 큰언니가 하지 말라고 할 때 계속하면 우린 진짜로 죽는다는 걸 알기 때문에 작은언니와 나는 그 선에서 싸움을 마무리 지었다.

나는 여전히 객기 넘치는 척했지만 이날 이후로 절대로 언니에게 덤비지 않는다. 배에 언니의 발이 꽂혔을 때 동시에 뇌에 교훈도 딱 꽂혔기 때문이다. 하지 말라면 하지 말자. 처맞기 전에 그만하자. 언니도 역시 이날 이후로 나에게 무식하다는 소리는 하지 않는다. 우리는 서로 하지 말라는 건 가급적 하지 않음으로써 좋은 관계를 유지하고 있다.

사람과 사람 사이 관계의 핵심은 해달라는 것을 해주는 것보다는 하지 말라는 것을 하지 않는 것에서 시작하는 것일지도 모르겠다. 그리고 이는 나 자신과의 관계에서도 똑같이 적용된다.

해야 할 일을 하는 것도 중요하지만 그보다 더 먼저 하지 말라는 걸 하지 않는 것. 그러니까 끼니를 거르고, 하루 종일 누워 있고, 일을 뒤로 미루는 것 같은 일을 하지 않는 것이 나와의 원만한 관계를 유지하는 첫걸음이라는 것이다.

이걸 알면서도 최근 내 마음속 경고의 메시지를 무시하고 끼니를 며칠이나 거르다가 살이 쪽 빠지고, 하루 종일 누워 있다가 두통에 시달리고, 일을 뒤로 미루다 나중에 울면서 밤을 새우는 일을 겪으면서 후회, 비난, 자책, 자기혐오 등으로 끊임없이 나를 두들겨 패다가 나와의 관계가 단단히 틀어졌다. 이제라도 손을 쓰지 않으면 나는 나와 절교를 선언하게 될 것만 같다.

언니들과 그렇게 싸워도 나에게 너무나 소중한 존재인 것처럼, 나 자신도 아무리 싸워도 절대 절교할 수 없는 관계이기에 오늘은 나 자신에게 화해의 제스처를 취

**이혼 이후 알게 된
진짜 나를 기르는 법**

한다는 마음으로 일어나자마자 따뜻한 물에 샤워를 하고 밖으로 나왔다. 나 자신도 지난날의 내가 무척이나 미웠던 것 같지만 그래도 이런 화해의 손짓에 마음이 조금 누그러졌다.

아무리 열받아도 먼저 미안하다고 사과하면 카페 가서 커피라도 마시라고 기프티콘을 보내주는 작은언니처럼, 오늘의 나는 적절한 식욕과 썩 나쁘지 않은 컨디션으로 나의 사과를 받아주었다. 이러다 언제 또 틀어질지 모르겠지만 한동안은 나 자신이 하지 말라는 건 좋은 말로 할 때 하지 않으며 이 소강상태를 즐겨야겠다.

최고야
잘생긴계

며칠 전, 아는 언니에게서 연락이 왔다. 오랜만의 연락이었음에도 언니는 안부를 묻는 것조차 사치라는 듯이 서둘러 용건을 전했다.

"야, 나 방금 우연히 ○○ 오빠 봤는데. 야, 이 오빠도 나이 앞에는 장사 없더라!"

언니는 놀람과 아쉬움 등 여러 가지 감정을 섞어 비보를 전했고, 나는 놀라서 언니에게 물었다.

"어머, 어머. 정말? 왜? 와, 근 1년간 들은 소식 중 제일 슬픈 소식이다! 어머머, 진짜 왜?"

**이혼 이후 알게 된
진짜 나를 기르는 법**

사람이 나이를 먹으면 외모에 변화가 생기는 건 당연한 건데 왜냐니요…? 어이없는 질문이지만 우리는 전혀 이상함을 느끼지 못했다. 왜냐면 우리는 진심으로 그 오빠가 영.원.히 늙지 않을 거라고 생각했기 때문이다.

"아, 그러니까! 이 오빠 진짜 잘생겼었잖아! 나이 먹어도 연예인 같을 줄 알았는데 진짜 왜지?"

몇 년 전, 언니와 나는 리프팅 홈케어 기기를 살까 말까 고민하며 변해가는 우리 얼굴에 크크크 웃어 젖혔으면서 함께 나이 먹어가는 그 오빠의 노화에는 슬픔을 감추지 못하는, 전형적인 내로남불의 태도를 보였다. 아무튼 우리는 슬픔을 넉넉하게 내비쳤고, 나는 언니보다 조금 더 슬퍼졌다. 기가 막히게 잘생겼던 그 오빠는 나의 젊은 날 트로피 남친이었기 때문이다. 나의 트로피에 녹이 슬었다니…. 이혼 후 인공눈물 없이는 눈물을 흘릴 수 없게 된 나는 뻑뻑한 눈에 인공눈물을 뿌리며 언니와 슬픈 이야기를 이어나갔다.

우리는 같은 회사에서 만났다. 나는 아르바이트생,

언니는 정직원 전환을 목표로 하는 계약직, 오빠는 정직원으로. 나와 언니는 소위 말하는 얼빠였고, 이 오빠는 얼빠의 마음을 설레게 할 만한 외모를 가지고 있었다. 그 오빠를 처음 보던 날 나는 첫눈에 헉 하고 놀랐고, 그 뒤로도 새로운 아르바이트생들의 헉 하고 수군거리는 소리를 들었다. 물론 그 이후에 들어온 언니의 헉 소리까지도.

오빠는 정말이지 보는 이로 하여금 흡족한 마음이 들게 하는 외모를 가지고 있었다. 우리에게 그 오빠는 이성이기보다는 연예인에 가까웠다. 언니와 나, 그리고 다른 아르바이트생들은 고된 노동 중간중간 오빠의 잘생김으로 하나 되어 이 맛에 일한다며 힘을 내곤 했다. 학창 시절 연예인 사진을 필통에 끼워 넣고 지루한 수업 시간을 견딘 것처럼.

그러던 우리들의 우상이 어느 날 나에게 고백을 해왔다. 이럴 수가. 이런 일이! 하지만 나에게는 잘생긴 사람은 얼굴값을 한다는 확고한 의식이 있었기에 고민에 빠졌다. 그리고 딱 봐도 이 오빠는 나와 성격이나 가치관 등이 하나도 맞지 않았다.

하지만 이런 진지한 생각을 떠올린 것치고는 고민의 시간이 짧았다. 한 10초 정도? 나는 빠르게 고민을 끝내

**이혼 이후 알게 된
진짜 나를 기르는 법**

고 그와의 만남을 시작했다. 동시에 주위의 부러움을 한 몸에 샀다. "야, 너 그 오빠랑 만나?" 이런 질문은 나의 어깨를 으쓱하게 만들었다. 그와의 대화는 재미없었지만 타인의 이런 질문은 재미있었다. 그는 나의 트로피였다.

하지만 역시 잘생긴 사람은 얼굴값을 했다. 신기한 일은 얼굴값을 오지게 하고 다녔음에도 그다지 화가 나지 않았다는 점이었다. 언니의 말에 따르면 내 인생 가장 너그러웠던 시기란다. 짜증이 나다가도 얼굴을 보면 '어휴. 그래, 싸워서 뭐 하냐' 싶어 부처님처럼 웃었다. 그와 한 대화는 기억에 남는 게 하나도 없는데 그 시절 내가 참 많이 웃었다는 건 기억이 난다. 아, 지독한 얼빠여…

이런 만남이 오래갈 수는 없었다. 얼굴에서 찾는 재미는 유통기한이 짧다. 우리의 눈은 생각보다 빨리 적응해버리기 때문이다. 우리는 적절한 시점에 서로에 대한 흥미를 잃고 헤어졌다. 그때 언니에게 "언니, 아무래도 얼굴만 보고 만나는 건 영 아닌 것 같아. 난 이제 마음이 잘 맞는 사람을 만날 거야!" 대충 이런 말을 했던 것 같다.

그리고 이후에 다양한 연애와 이별을 반복했다. 수

위 높은 농담을 즐기는 언니는 나의 새로운 연애를 관망하며, 잘생긴 사람은 영원히 만나지 않을 셈이냐며 복수심이 대단하다고 놀려댔다.

언니와 통화를 하다 보니 결국 얼굴값 했던 남자와의 만남에서 헤어짐까지 이야기가 줄줄 흐르더니만, 결국은 "그렇게 마음 맞는 사람 노래를 부르더니만 이혼까지 했냐!"는 농담까지 튀어나왔다.

"아, 게난마씀! 걍 얼굴값 하는 사람이나 만날걸! 경해심 이만큼 화도 안 나실 건디! 진짜 꼴값, 꼴값 말도 못 헌다~~!"
* 아, 그러니까! 그냥 얼굴값 하는 사람이나 만날걸! 그랬으면 이만큼 화도 안 났을 텐데! 진짜 꼴값, 꼴값 말도 못 해~~!

언니와 나는 푸하하 웃었다. 그러더니 언니는 한마디를 덧붙였다.

"야, 그래도 너 아까 근 1년간 들은 소식 중 가장 슬픈 소식이라며. 고작 이런 게 너한테 가장 슬픈 소식이라

**이혼 이후 알게 된
진짜 나를 기르는 법**

서 다행이다. 너 이제 진짜 괜찮구나!"

흘리듯 한 말이었는데 진지하게 생각해보니 정말로 지난 1년 동안 나에게 있었던 슬픈 소식은 다 이 정도 수준의 슬픔뿐이었다는 게 새삼 느껴졌다.

"어? 생각해보니 진짜 그러네? 언니, 나 이제 진짜 살 만한가 보다!"

우리는 잘생긴 사람 이야기에 한참을 꺄르르 웃다가 마지막엔 안도의 미소를 지으며 "역시 잘생긴 사람은 끝까지 웃음만 주네!"라며 전화를 끊었다.

당신, 부쉬버릴 거야

'망했으면. 처참하게 망했으면'

정말 사랑하는 사람과 헤어지면 그래도 상대방이 잘 살았으면 하는 마음이 든다던데 나는 왜 심보가 이 모양일까? 그때, 뇌의 어느 구석에 찌그러져 있던 구시아버지의 목소리가 힘차게 튀어나와 답을 내렸다. "그건 네 성격이 영 그래서 그래!"

그는 나와는 팔짱 끼고 데이트를 못한다는 이유로 내가 싹싹하지 못한, 성격이 영 그런 며느리라며 못마땅해 했다. 당시의 나는 몹시 발끈했지만 지금 이렇게 아침, 저녁으로 구남편이 망하기만을 바라는 내 심보를 보아하니 그의 말이 아주 틀린 것 같

**이혼 이후 알게 된
진짜 나를 기르는 법**

지는 않다. 틀리건 맞건 간에 갑자기 떠오른 아버님 생각에 안 그래도 좋지 않던 기분이 팍 잡쳤다. 나는 아버님께서 말씀하신 것 중 하나라도 바로잡아보고자 늦게나마 싹싹하게 아버님의 지분을 챙겨 간절함을 담아 기도를 올렸다.

'신이시여! 저의 구남편이 망하게 해주시옵고 이왕이면 원 플러스 원으로 그 집구석의 가세까지 폭삭 기울게 해주소서.'

하지만 무심한 신은 간절한 나의 기도를 무시했다. 그는 망하지 않았다. 망한 결과로 보자면 나보다 구남편이 더 먼저 나의 망생을 기도했을지도 모르겠다. 이미 망할 대로 망한 건 내 쪽이었기 때문이다. 지독한 사랑꾼이었던 죄로, 시댁이라는 교도소에 갇혀, 시집살이라는 벌을 받고, 이혼이란 석방을 기다렸다가, 석방이 되고 나니 개털이 된 건 남편이 아니라 나였다.

남편은 결혼 전과 비교했을 때 일이나 거주지, 재산 등에 변화가 없었지만 나는 결혼과 이혼의 과정을 겪는 동안 그에게 맞추느라 속절없이 휘둘렸고, 이는 대체로

소유에서 무소유의 방향으로 진행되었다. 그의 것은 여전히 그의 것이었지만 나의 것은 우리의 것이 되었다가 쓰임을 다한 기프티콘처럼 의미 없는 껍데기만 남았다.

나를 쓸고 지나간 황폐함을 마주하니 화가 치밀었다. 사랑이라는 이유로 너무 쉽게 모든 것을 줘버린 나에게도, 그것을 당연하게 취한 그에게도.

그래도 어쩌겠는가? 별수 없어서 참았다. 그래, 참을 인 세 번이면 살인도 면한다잖아? 하지만 현실에서의 참을 인 세 번은 참을 인 넷, 다섯을 부르는 과정일 뿐이었다. 과거의 서러운 기억과 현재의 초라함, 미래에 대한 막막함을 하루에도 수십 번씩 참다 보면 아무래도 살인 한 번으로 참을 인 세 번을 면하는 편이 낫겠다는 생각이 스멀스멀 기어 나온다. 그래, 신의 심판을 기다리느니 내가 몸소 나서서 복수해야겠다. 부숴버릴 거야!

이는 1999년에 방영한 K-드라마 〈청춘의 덫〉의 주인공 서윤희(심은하 분)의 대사다. 윤희는 오래 만난 연인이자 약혼남인 강동우(이종원 분)의 배신으로 깊은 슬픔에 빠진다. 동우는 한 번의 배신으로도 모자라 매회 가지가지 오만 밉상 짓을 하며 윤희의 마음을 쑥대밭으로 만드는데, 참나무 같은 윤희는 그 진상짓을 다 참고 참다가 자신과 동우 사이에서 얻은 딸이 죽었을 때 코빼기도 안 비치는 인간 말종의 동우를 겪고는 휙 눈이 뒤집혀 흑화한다.

하지만 윤희는 전형적인 입만 산 스타일이었다. 그는 부숴버리겠다고 말은 하지만 실질적으로 자기 손에 더러운 것은 묻히지 않았다. 대신 윤희 앞에 나타난 백마 탄 왕자님인 노영국(전광렬 분)의 지고지순한 사랑을 이용해 동우의 앞길을 막고, 본인은 새로운 사랑과 알콩달콩 가정을 이루며 행복하게 사는 것으로 복수를 마무리 짓는다.

요즘같이 사이다썰이 난무하는 참교육의 시대에 보자면 거의 전래동화 수준으로 착한 결말이다. 자고로 복수라 하면 〈아내의 유혹〉의 구은재(장서희 분)처럼 얼굴에 점이라도 하나 찍고 난리부르스를 추며 죄다 박살내는 맛이 있어야 하는데. 하지만 구은재 복수법은 보는 입장에서는 통쾌할지언정 내가 시행하기에는 다소 무리가 있다.

일단 은재는 몇 달 만에 5개 국어를 마스터한다. 최근 생각하는 속도를 말이 따라잡지 못해 한국어도 더듬

거리기 시작한 나에게 5개 국어 마스터는 허들이 높아도 너무 높다. 또한 나의 근간은 1990년대에 바탕을 두고 있기 때문에 2000년대의 독기가 넘실거리는 방식보다는 1990년대의 신데렐라 스토리가 조금 더 잘 맞는 것도 같다. 그렇게 나는 나만의 1인 복수극에 서윤희를 롤모델로 삼았다.

다만 입만 살았다는 점을 제외하고 나와 서윤희는 썩 닮은 구석이 없었기 때문에 백마 탄 왕자님인 노영국이 갑자기 짠! 하고 나타날 것 같지는 않았다. 나 또한 1990년대가 나의 근간일지언정 과거의 구닥다리 서사에 머무르고 싶지 않았다. 2020년대를 살아가면서 백마 탄 왕자님이라니. 너무 뻔해!

나는 나를 구원해줄 누군가를 기다리는 대신 나 스스로 나를 구하기로 했다. 백마 탄 왕자? 얼마면 돼? 얼마면 되겠니?

재벌 집 아들에게 비비기에는 민망할 정도로 터무니없이 적은 액수지만 나는 나 자신의 노영국이 되어주기 위해 없는 살림에 200만 원을 떼어냈다. 그리고 분노하는 내 안의 서윤희를 마주할 때마다 아낌없이 긁어댔

**이혼 이후 알게 된
진짜 나를 기르는 법**

다. 윤희가 잊히지도 않는 지긋지긋한 옛 기억에 괴로 워할 때면 내 200만 원짜리 백마 탄 왕자는 이른바 금융 치료로 그녀의 마음을 열심히 다독거렸다. 옷도 사주고, 금반지도 사주고, 맛있는 식당에 데려가 근사한 식사를 대접했다.

그녀의 분노가 잠잠해지면 영국은 열심히 일하며 비어가는 계좌를 채웠고 그러다가 또 구남편의 갑작스러운 연락이나 방문으로 윤희의 눈이 뒤집히면 다시 계좌를 열어 아이패드도 사주고, 비싼 디저트를 파는 카페에 데려가며 기꺼이 윤희만을 위한 사치스러운 시간을 제공했다. 입만 산 윤희는 그럴 때마다 속으로는 '두고 봐. 진짜 가만 안 두겠어!'라고 하면서도 아이패드로 재밌는 유튜브를 찾아보며 커피를 쪽쪽 빨았다.

그렇게 오래도록 두고 봤다. 깽판 치러 가고 싶은 마음을 두고 봤고, 나보다 잘 사는 것 같은 구남편을 두고 봤다. 살 만하다 싶을 때면 훼방을 놓는 그 심보도 두고 보다 보니 시간은 잘도 흘렀다. 그리고 이제 나는 복수의 언어 중 '두고 보라'는 말이 빠지지 않는 이유를 조금 알게 되었다. 두고 볼 일은 두고 보고, 대신 나의 기분과 안

넝을 매일 세심하게 살피는 것이 손에 더러운 것을 묻히지 않고 해낼 수 있는 깔끔한 복수이기 때문이다.

〈청춘의 덫〉 속 윤희는 처음 영국을 이용해 동우를 파멸시키려 하지만 나중엔 영국을 진심으로 받아들이며 동우 따위는 신경도 쓰지 않고 행복하게 살아간다. 나 역시 내 안의 영국을 이용했지만 이젠 지고지순하게 나의 안위만 바라는 그에게 마음을 열고 그만 바라보며 알콩달콩 재미를 보며 살아가고 있다. 나의 동우가 어찌 사는지는 안중에도 없이. 그건 그냥 두고 볼 일로 저 멀리 치워두고서.

**이혼 이후 알게 된
진짜 나를 기르는 법**

집 나간 며느리가 돌아왔다

제주 서쪽. 결혼 전에는 낙원이라 생각했고 결혼 후에는 세상에 이런 지옥이 또 없다고 생각했던 곳. 나는 이혼을 하며 남편에게 이 동네는 지긋지긋하다며 서쪽으로는 오줌도 안 쌀 것이라 선언했다. 으이구, 또 입방정. 나는 늘 선언과 번복을 되풀이하며 스스로 우스워지기를 자처한다.

일단 나는 저 말을 하고서도 서쪽으로 시원하게 일을 봤을 것이다. 지독한 방향치라 동서남북 구분을 못 하기 때문이다. 제주도 사람의 90퍼센트는 한라산을 기준으로 동서남북을 잡는데, 나는 실내에 들어와 있으면 한라산이 어디 있는지 찾지 못한다. 이건 나의 타고난 핸디캡이라 어쩔 수 없다고 치고! 발도 들이지 않겠다는 말은 의지의 문제이니 지켰어야 했는데, 나는 이혼 후에도 '구시가 식구들과 마주치면 어쩌지?' 하는 불안함을 안고서 종종 서쪽을 찾았다. 다름 아닌 닭똥집 튀김을 먹기 위해서.

'꼬끼오 옛날통닭'의 닭똥집 튀김은 정말 빠삭하고 간이 잘 되어 있다. 그리고 가성비가 끝내준다. 보통 닭똥집 튀김을 먹으려면 만 2천 원에서 만 6천 원 정도를 지불해야 하지만 이곳의 닭똥집 튀김은 7천 원! (결혼생활을 하던 당시에는 무려 6천 원이었다.) 게다가 포장해오면 두 번에 나눠 먹을 수 있을 정도로 양도 푸짐하다.

입맛이 떨어지는 더운 여름밤, 퇴근길에 편의점에 들러 맥주를 사서 시원하게 쭈욱 들이켠 뒤, 닭똥집 튀김을 하나씩 집어 먹으면 끈적거렸던 하루도 금세 바삭해진다. 이 맛에 뿅 반해서 언니와 형부에게도 맛을 보여줬는데 다들 끝내준다고 해서, 마치 내가 가게 사장님이라도 된 양 어깨가 으쓱하기도 했다.

그러나 이것이 문제였다. 언니와 형부는 내가 이혼을 한 뒤에도 이 닭똥집 튀김을 꾸준히 언급하며 다 잊고 사는 사람을 흔들었고, 아는 맛이 더 무섭다고 그때마다 나도 식욕이 당겨 서쪽에 발도 들이지 않겠다는 의지

**이혼 이후 알게 된
진짜 나를 기르는 법**

가 무너지고 말았다. 그렇게 나는 풀벌레 소리가 들리던 선선한 가을밤, 다시 서쪽에 발을 들이기 시작했다. 문자 그대로 집 나간 며느리를 돌아오게 만든 통닭집이다.

제주 토박이로서 몇 군데 더 꼽아보자면, 그 외에도 한림에는 맛집이 많다. 협재나 금능 쪽에 관광객을 상대로 하는 가게가 많다면 한림은 동네 주민을 타깃으로 하는 가게가 많은데, 한림 사람들은 다 미식가인가 싶을 정도로 보통 아무 가게나 들어가도 거뜬히 중간 이상은 하는 맛집들이다.

그중에서도 가장 으뜸은 단연 해장국이다. 한림은 한라산 소주 공장이 있는 곳이라 그런지 해장국집이 참 많다. 속이 쓰린 술꾼들은 마음속에 자기만의 해장국집 하나씩은 품고 있는데, 결혼생활을 하면서 술이 당기는 날이 많아진 나에게도 마음에 품은 해장국집이 있었다. 바로 '남성해장국'. 해장국이지만 맛이 깔끔하고, 보통 깍두기만 반찬으로 나오는 다른 해장국집과는 다르게 밑반찬도 나온다. 그보다 조금 더 든든한 느낌을 원하는 날에는 '수구레해장국'을 찾는다.

한림 중국집으로는 '보영반점'이 유명한데 나는 '도원춘'이나 '도향촌'을 더 찾는다. 특히 굴 철에는 도향촌에서 굴짬뽕을 먹어야 한다. 자극적인 짬뽕과 다르게 이곳의 굴짬뽕은 너그러운 맛이 느껴진다. 부드러우면서도 칼칼한 국물을 먹으면 쌀쌀한 바람에 움츠러들었던 어깨가 스르르 풀리는 기분이 든다.

소박하게 한 끼를 해결하고 싶다면 '고랑몰랑들엉몰랑'도 좋다. 밑반찬에 계란말이가 나오는데 심지어 리필이 된다. 인심에서 일단 합격이다. 반찬도 많이 나오는데 구색을 갖추려 가짓수만 늘린 게 아니라 하나하나 맛이 좋다. 차돌 된장찌개, 갈비탕 같은 음식들을 먹을 수 있는데 메뉴가 여러 가지면 이도 저두 아닐 것이라는 편견이 무색해지게 어떤 메뉴를 시켜도 만족스럽다. 배고픈데 딱히 생각나는 음식이 없을 때 찾기 좋다.

스트레스가 많은 날, 매운맛이 당길 때는 고민 없이 '부가네얼큰이'를 찾는다. 제주도 체인점인데 이상하게 지점마다 맛 차이가 크게 난다. 제주시 사람으로서 부가네는 인제점이 최고라고 생각했었는데 한림에 오고 나서 단번에 생각을 바꿨다. 부가네는 한림점이 으뜸이라고 자신 있게 말할 수 있다.

**이혼 이후 알게 된
진짜 나를 기르는 법**

일단 사장님 내외가 무척이나 친절하시다. 매운 걸 잘 못 먹는 사람들은 덜 맵게 조절해주시는데, 적당히 매우면서도 불맛이 나는 닭날개와 닭발에 소맥을 마시면 없던 흥도 생긴다. 살짝 혀가 얼얼하게 먹고 근처 아이스크림 할인 매장에서 아이스크림 하나씩 사서 먹으면 아, 이게 행복이구나 싶다. 들어갈 때는 스트레스지만 나올 때는 얼큰하게 행복해지는 곳이라 종종 생각이 난다.

몸보신을 하고 싶을 때는 삼계탕을 먹으러 '옹포별장가든'에 간다. 유명 인사들이 많이 오고 간 유서가 깊은 곳으로 김구 선생도 찾았다고 한다. 사실 삼계탕은 제주시 '행복미가'의 흑미삼계탕을 더 좋아하지만, 이곳은 정원이 잘 꾸며져 있어서 그런지 마음까지 채워지는 느낌이 든다. 세련된 분위기라기보다는 소박한 정감이 느껴지는 분위기라 어른들을 모시고 가기에 좋다. 이곳 특유의 선인장 김치도 아삭하고 상큼해서 맛이 좋다.

고기를 먹지 않는다면 생선 메뉴로 '등대아구찜'을 추천한다. 나는 생선을 좋아하지 않는데도 여기 아귀찜은 찾아가서 먹는다. 양도 푸짐하고 마지막에 비벼 먹는 볶음밥도 일품이다. 관광객 장사를 하는 곳이 아님에도 불구하고 늘 웨이팅이 있을 정도라 동네 사람들의 찐 인정을 받았다고 볼 수 있다. 게다가 포장을 해서 먹으면 다음 날 점심, 저녁까지 해결할 수 있을 정도로 양이 많다. 여기 아귀찜은 구시어머니의 으뜸 메뉴이자 나의 으뜸 메뉴가 되어 처음으로 우리 사이의 공통점이 된 메뉴이기도 하다.

한림을 떠나고 가장 많이 생각났던 곳은 '먹골'이다. 이곳은 오리고기를 전문으로 하는데 독특하게 오리고기 기름에 콩나물, 김치, 당면을 볶아서 먹을 수 있다. 오리고기도 맛있지만, 솔직히 당면을 먹으러 가는 게 아닐까 싶을 정도로 거듭 리필해서 먹는다. 호탕하신 사장님 내외는 인심도 좋으셔서 술 한잔을 하고 있으면 식사하시려던 반찬을 나눠주시기도 하고 같이 술을 나눠 마시기도 했다.

언젠가 부부싸움에 지친 우리 부부에게 원래 신혼에는 많이 싸우는 법이라며 아직 더 싸워야 한다고 말씀해주시기도 했다. '어휴~ 더 싸워요? 그럼 너무 지긋지긋할 것 같아요!' 하면서 하하 웃었는데 우리는 더 싸우기를 그만두고 결혼생활을 끝내버렸고, 이곳도 더 영업을 하셨어야 하는데 가게를 접으셨다. 몇 없는 결혼생활의 즐거웠던 기억도 그렇게 사라지는 것 같아서 허전한 마음이 들었다.

언젠가 옆집 누구네 며느리가 도망갔다더라, 돌아왔다더라 하는 이야기를 들었을 때, '돌아오긴 왜 돌아와? 미친 거 아니야?'라고 생각했는데 집 나간 며느리인 나도 슬쩍슬쩍 돌아가는 걸 보면 한림은 완전히 떠나기는 어려운 맛집 동네인 것 같다. 그래서 나는 발도 들이지 않겠다는 말은 슬쩍 지워버렸다.

대신 언젠가 완전히 편해진 마음으로 다시 한림을 찾았을 때 이 식당들이 그 자리에 나의 추억들과 함께 계속해서 있어주길 바라며, 서쪽을 찾는 친구들에게 사심을 듬뿍 담아 맛집 리스트를 추천한다. "여기 망하지 않게 너네가 자주 가주라!"라고 당부하면서 말이다.

돌담이 무너지지 않는 건

돌 사이에 바람이 드나드는

공간이 있어서래요.

사람 사이도 마찬가지겠죠?

나의 새로운
자기들

"난 진짜 다음 생엔 결혼 안 하고 기계랑 살 거다."

유튜버 박막례 할머니가 하신 말씀이다. 역시 남편
복 없는 사람들끼리는 세대를 뛰어넘어 통하는 게 있다.
나 역시 남편을 버리고 돌아온 뒤 여러 기계를 거느리며
함께 살아가고 있기 때문이다. 남편 자랑할 일 없는 이혼
녀이므로 남편을 대신해 그 자리에 터를 잡은 나의 (전)자
기(기)들을 소개해보려 한다.

첫 번째 자기. 아이패드

아이패드와 함께한 시간이 어느덧 10년이 되면서
나를 거친 아이패드가 벌써 3대째다. 첫 번째 아이패드
는 백수 겸 취업준비생 시절, 당시 남자친구가 인심 좋게

이혼 이후 알게 된
진짜 나를 기르는 법

선물해준 아이패드 3세대(뉴아이패드). 비록 출시 후 7개월 만에 다음 버전이 새로 출시되는 바람에 토사구패드(토사구팽+패드)라는 오명을 얻었지만 2020년 새로운 아이패드를 사기 전까지 무려 8년간 나의 옆자리를 지키며 잡다한 자격증을 따는 데 지대한 공헌을 했다.

두 번째 아이패드는 결혼생활 중 구입한 아이패드에어 3세대. 가게 매출이 떨어질 경우에 대비해 동네에서 작게 공부방이라도 차릴 요량으로 구입하였으나, 그 뒤 부부 사이가 급격히 안 좋아지는 바람에 이혼 브이로그를 만드는 데 쓰였다는 안타까운 사연이 있다. 이렇게 영상을 만드는 일을 하게 될 줄 알았다면 무리해서라도 그때 용량이 큰 제품으로 사는 거였는데. 64기가바이트는 영상 작업을 하기에는 터무니없이 작아서 두어 번 영상을 깔끔하게 날려 먹은 뒤 다음 아이패드로 갈아타게 되었다.

세 번째 아이패드는 현재 사용 중인 아이패드 프로 5세대. 성능과 용량 어느 하나 빠짐이 없는 능력캐로 영상 편집, 수업 준비, 공부, 일정 관리, 필사 노트, 독서 등 생산성을 높이는 거의 모든 일에 활용 중이며, 하루에 8시간 이상은 나와 함께 시간을 보내는 자기이기도 하다.

아이패드와 10년을 함께하며 느낀 점이 있다면 그는 모 아니면 도라는 것이다. 그는 내가 자신을 어떻게 다루느냐에 따라 생산성 기계가 되기도 혹은 유튜브 기계가 되기도 한다. 남편 다루는 능력은 없지만 자기 다루는 능력은 있는 내가 아이패드를 생산성 기계로 만드는 팁을 전해주자면, 초심을 잃지 않는 것이다.

아이패드를 살 때 비싼 가격에 손을 후덜덜 거리면서 스스로와 했던 약속, '아이패드를 사면 그림도 그리고, 노트 필기도 하고, 자격증 공부도 할 거야. 유튜브나 넷플릭스는 잠깐 머리 식힐 때만 봐야지' 했던 처음의 마음을 잃지 않는 것이다. 나는 아직까지 그 약속을 잘 지키며 만남을 이어가고 있는데, 그 덕에 우리는 시간이 흐를수록 서로 발전하는 관계를 유지하고 있다.

두 번째 자기. 갤럭시워치4

갤럭시워치4는 이혼 후 첫 생일, 나를 위한 선물로 들인 스마트워치다. 갤럭시워치와 나의 관계는 아빠와 엄마 사이 같다. 서로 안 맞는다는 말이다. 그와 나의 성향은 정반대로, 나는 기본값이 '부동'에 맞춰져 있는 반면 그는 기본값이 '행동'에 맞춰져 있다. 내내 가만히 있는 나를 견디지 못하는 그는 아침부터 밤까지 나의 엉덩이를 들어 올리는 것을 목표로 살아간다.

일단 해가 뜨면 조그만 진동으로 나의 손목을 잡아끌며 침대에서의 탈출을 돕는다. 해가 중천에 떠 있는 업무 시간, 나는 보통 한번 앉으면 서너 시간은 꼼짝 않고 자리를 지키는 편인데 그는 이런 나를 유심히 살피다가 "움직일 시간입니다" 하고 잔소리를 하기도 하고, 물이라도 떠오려 몸을 일으키면 "좋습니다! 계속 움직이세요" 하고 격려하기도 한다. 그의 이런 유난 덕분에 나는 나의 부동을 부쩍 의식하면서 틈이 날 때마다 스트레칭을 하는 좋은 습관을 갖게 되었다. 그 덕에 어깨와 목, 허리에 짱돌처럼 박혀 있던 고통덩어리들의 기세가 사그라드는 것이 느껴진다.

햇빛이 식어가는 시간이 되면 그는 하루 동안 내가 얼마나 조금 활동했는지 텅 빈 하트를 보여주며 섭섭함을 내비친다. 그가 갈구하는 나의 최소 움직임은 하루 한 시간 6천 걸음. 이것을 채우면 비어 있던 하트가 초록, 파랑, 빨강으로 꽉 채워지는데 나는 그렇게 열렬하게 환호하는 그의 마음을 무시하고 "내가 바쁜 것만 다 끝나

6000 걸음
걸음 수 목표 달성! 더 높은
목표를 설정하고 달성해
보세요.
7000 걸음 걷기는
어떤가요?

어떻긴요.

싫어요.

면 매일 만 보씩 걸어줄게!"라며 달달한 말로 대충 때우곤 한다.

사실 이럴 때면 구남편이 입에 달고 살던 '나중에 호강시켜주겠다'와 별 다를 바 없는 것 같아 양심에 가책이 느껴진다. '오빠 늘 말로만 하지!'의 그 오빠가 내가 될 줄이야. 좋은 관계를 유지하고 싶다면 대충 말로 때워서는 안 된다. 그래서 오늘은 오랜만에 침대 위에서 나를 기다리는 안락함을 잠시 뒤로 미뤄두고 운동화를 신었다. 날이 더워진 탓에 문 앞에서 나갈까 말까를 10번 정도 더 고민하다 겨우 나왔는데 막상 밖에 나와 걸으니 풀냄새도 좋고, 바뀐 계절의 모습을 구경하는 재미도 쏠쏠했다. 1시간을 걷고 돌아오니 기분이 산뜻해졌다. 그의 마음도 오랜만에 알록달록하다. 목표를 달성했다며 신나게 지이잉 울려대는 그를 보고 있자니, 사람이든 기계든 진심을 전하는 방법엔 땀내 나는 움직임만 한 것이 없다는 생각이 든다.

세 번째 자기. 소니 헤드셋

소니 헤드셋은 가장 최근에 구입한 자기로 강력한

노이즈 캔슬링 기능을 자랑한다. 그를 귀에 얹으면 큰 음악 소리, 듣고 싶지 않은 대화, 공사 소리 같은 것들이 삽시간에 잘게 부서져 흩어진다. 헤드셋을 쓰고 있으면 왠지 음악을 엄청나게 사랑하는 힙스터처럼 보이는데, 사실 음악을 듣는 경우는 그리 많지 않고 대부분은 주위의 소음을 차단하는 도구로 사용한다. 소리가 지워진 자리에 덩그러니 혼자 남는 느낌, 외부의 시계가 꺼지고 나의 시계만 돌아가는 고요함 속에서 책을 읽고, 일기를 쓰고, 망상을 한다. 오늘의 망상은 결혼생활, 로맨틱 그리고 헤드셋.

헤드셋과 로맨틱을 연결 지으면 떠오르는 유명한 장면이 있다. 바로 영화 〈라붐〉의 하이라이트. 시끄러운 파티 한가운데에서 마티외(알렉상드르 스테를링 분)가 빅(소피 마르소 분)에게 다가가 뒤에서 조용히 소니 헤드셋을 씌워주는 장면으로, 그 순간 파티의 소음이 사라지며 그가 준비한 노래가 흘러나온다. 이제 그 공간은 더 이상 파티장이 아닌 둘만의 공간이 되고, 둘은 음악에 몸을 맡기며 풋풋하게 춤을 춘다.

그들의 사랑이 Dreams에서 My reality가 되는 데 가

**이혼 이후 알게 된
진짜 나를 기르는 법**

장 큰 공헌을 한 것이 바로 노이즈 캔슬링 기술이다. 만약 마티외가 씌워준 헤드셋에 노이즈 캔슬링 기능이 없었다면? 그가 준비한 음악은 시끄러운 파티 소음에 묻혔을 것이고, 빅은 갑자기 헤드셋을 씌워주는 마티외의 행동에 뭐 하는 짓이냐며 짜증을 냈을지도 모른다.

결혼생활의 Dreams를 My reality로 만들기 위한 열쇠도 바로 이 노이즈 캔슬링 기술에 있을지도 모르겠다. 결혼을 떠올리면 아름다운 배경음악이 흐를 거라 생각하지만 현실에서의 결혼생활은 외부 잡음이 끊이지 않고, 그로 인해 로맨틱은커녕 〈전원일기〉의 한 장면이 연출되는 경우가 많기 때문이다.

심기를 거스르는 쌉소리가 활개를 칠 때, 등 뒤에서 구남편이 내 귀에 소니 헤드셋을 씌워줬더라면 나의 결혼생활은 〈전원일기〉에서 〈라붐〉으로 바뀌었을지도? 여기서 중요한 건 다시 한 번 말하지만 확실한 노이즈 캔슬링이다. 어쭙잖게 대충 소리를 지우는 시늉만 하겠다고 3M 주황색 이어플러그 같은 걸 귓구멍에 끼워준다면? 그땐 〈전원일기〉에서 '이혼 브이로그'가 되는 것이다.

이혼 후 외로움에 대한 질문을 여러 번 받았는데, 솔

직히 말하면 아직까지는 딱히 외로움을 느껴본 적이 없다. 농담처럼 전자기기를 자기에 빗대긴 했지만, 그들이 진정으로 내가 바라던 자기의 역할을 충분히 수행해주고 있기 때문이다.

그들은 나를 발전시키고, 날 움직이게 하고, 듣기 싫은 소리를 막아주고, 나만의 시간을 지켜준다. 그리고 나는 그들과 좋은 관계를 유지하기 위해 초심을 잃지 않고, 상대방과의 차이를 인정하고, 그 차이를 줄여나가기 위해 노력하고, 그들이 제공하는 것들을 풍성히 느끼며 일상을 통통하게 살찌우고 있다. 세상에 이렇게 이상적인 관계라니! 그 대상이 사람이라는 배우자가 아니면 뭐 어떤가? 나를 위해 온종일 뜨겁게 작동하는 나의 자기들과의 일상이 이렇게 유익하고, 건강하고, 풍성한데!

**이혼 이후 알게 된
진짜 나를 기르는 법**

내 차는 감정 쓰레기통

유튜브 채널을 운영하는 내가 가장 부러워하는 채널이 있다. 그것은 바로 '한문철 TV'. 이는 한문철 변호사가 시청자가 제보한 블랙박스 화면을 가지고 사고의 과실을 따져주는 채널이다. 일상을 찍어 올리는 내 채널과 카테고리 자체가 다르지만 그럼에도 내가 '한문철 TV'를 가장 부러워하는 이유는 그의 채널에는 마르지 않는 콘텐츠가 있다는 점이다. 이 채널에는 제보 화면이 차고 넘쳐, 하루에 7~8개의 영상이 업로드된다. 한 달에 두어 개의 영상을 업로드하는 나로서는 부러워 미친다.

게다가 '한문철 TV'의 콘텐츠는 회를 거듭할수록 점점 더 자극적이다. 양적으로도, 질적으로도 빠짐이 없다. 하지만 이 말을 살짝 비틀면, 그만큼 상식을 뛰어넘는 운전자의 수가 어마무시하게 많으며 그들이 상식을 뛰어넘는 정도가 상상을 뛰어넘을 정도라는 말과 상통한다. 불행히도 운전자는 현실에서도 '한문철 TV' 속 상황을 직관할 기회가 많다고도 할 수 있겠다.

어느덧 운전 6년 차. 나는 사고는 물론이고, 속도위반이나 주차위반 같은 일로 딱지 한 번 끊어본 적 없이 안전 주행 중이다. 이제까지 사고가 없었다는 사실은 운전을 잘한다기보다 운이 좋았다는 근거라는 건 알지만 그럼에도 무사고, 무딱지는 나에게 일종의 훈장처럼 느껴진다. 그래서일까? 나는 '죄송합니다'를 입에 달고 살던 올챙이 시절을 잊고, 도로 위를 달리는 차에 오만 훈수를 둔다.

"아놔, 이 싸람아. 운전을 그렇게 하면 쓰나! 어허이, 왼쪽 손가락 뽀사졌어? 왜 깜빡이를 안 켜!"

물론 이는 상대방의 실수가 별것 아닐 때의 반응이다. 진짜 큰일 날 뻔한 일을 겪으면 나는 '조금 더' 거칠어진다. 아니, 거짓말을 해서는 안 되겠지? 정정한다. 많이 거칠어진다.

"야, 이 개밋친놈아!! @$%&%^*$^!!"

운전대를 잡은 나는 성질머리가 대단해진다. 그리고
이런 성깔 있는 내 모습이 마음에 든다. 도로 위에서의 나
는 내 감정을 검열하는 법이 없기 때문이다.

화가 난다? 화를 낸다. 내 안위를 위협할 만큼의 상황
인가? 당연히 고운 말이 안 나간다. 하지만 그렇게 험한
말을 내뱉는 도중 앞차가 비상등을 깜빡인다? 일부러 그
런 것도 아닌데 내가 너무 속단해서 욕부터 했구나 하고
금세 반성한다. 앞차가 듣지는 못하겠지만 "괜춘괜춘!"
하고 대답도 해준다. 그러고 나서는 무슨 일이 있었냐는
듯 다시 노래를 흥얼거리며 가던 길을 마저 간다. 욕이 허
밍이 되기까지의 시간은 1~2분 내외다. 이렇게 짧은 시
간에 감정이 이만큼 휙휙 바뀌다니. 세상에 이런 다중이
가 또 없다 싶긴 하지만 뭐, 잠깐 머쓱해하고 만다.

반면 운전대를 잡지 않은 나는 성질머리에서 성질이
쏙 빠져나간다. 성질이 빠진 머리는 스스로를 검열하느

라 바쁘다. 나의 감정은 타인의 눈치를 좌우로 열심히 살핀다. 화가 난다? 화를 내도 되는 상황인지를 따져본다. 내 안위를 위협할 만큼의 상황인가? 어느 정도로 화를 표현하는 게 맞을지 생각한다. 상대방이 사과를 한다? 사과를 받으면 내가 바보가 되는 걸까? 사과를 받지 않으면 나쁜 사람이 되는 건지 따진다.

내 감정인데 이미 나는 안중에도 없다. 이렇게 나의 감정을 촘촘히 검열하다 보면 상황은 어찌 저찌 '좋게 좋게' 마무리된다. 그 덕에 사회생활을 잘한다는 얘기를 듣기도 하지만 오히려 나 자신에게조차 무시받은 감정이 진득하게 들러붙어 몇 날 며칠을 괴로워한다. 가끔은 침대에서 혼자 눈물을 훔치기도 한다. 내가 봐도 이런 내 모습이 지질하고 이상해 보이는데 남들이 보면 더 그렇겠지? 겉과 속이 다르다고 음흉하다고 하려나? 아무래도 이 글은 지우는 게 나을까? 몇 번을 썼다 지웠다 한다. 그렇다. 나는 지금 이 순간에도 검열을 계속하고 있다.

차 안에서의 나와 차 밖에서의 내가 이렇게 다른 이유는 차라는 공간의 단절성 때문이다. 달리는 차는 완전히 나 혼자만의 공간이다. 집과는 다르다. 혼자 사는 집,

**이혼 이후 알게 된
진짜 나를 기르는 법**

혼자만의 방에서도 나는 솔직하지 못하다. 집은 벽 하나를 사이에 두고 이웃이라는 존재와 늘 연결된 곳이기에 그들을 의식하게 된다. 크게 소리 지르거나 노래를 부르는 일은 결코 없다. 그런 의미에서 이웃의 존재를 전혀 개의치 않고 오밤중에도 목청껏 노래 부르는 501호는 배짱만큼은 대단하다. 나는 그러지 못해 집에서도, 방에서도 체면을 차린다.

사회에서 사람들과 부대껴 살며 그 누구의 눈치도 보지 않는 공간, 나의 감정을 적나라하게 표현할 수 있는 공간을 찾는 것은 쉽지 않은 일이다. 취업 준비를 할 때 마음이 답답했던 나와 친구는 산에 올라 시원하게 소리를 한번 지르기로 했는데, 막상 산 정상에 올라가니 사람들이 바글바글해서 입도 뻥끗 못하고 사발면만 먹고 내려온 적이 있다. 산에서도 지르지 못하는 소리를 땅 위의 어디에서 지른단 말인가? 쌓인 감정을 어디에 쏟아낸단 말인가?

그런 나에게 달리는 차는 도시의 무인도다. 달리는 차에서는 아무도 나를 볼 수도, 들을 수도 없다. 누구의 눈치도 보지 않고 화가 나면 화를 내고, 신나면 꺄 하고 호들갑을 떤다. 좋아하는 노래가 나오면 열창하고, 창피했던 일이 떠오르면 으아악 하고 냅다 소리를 지른다. 이런 의미에서 차는 나의 날것 그대로의 감정을 그대로 처리하는 감정 쓰레기통의 역할을 훌륭히 소화해준다. 그렇게 그때그때의 감정을 가볍게 날려버리며 목적지까지 달려간다.

나는 운전대를 잡지 않을 때도 운전하듯 살고 싶다. 무거운 감정과 복잡한 생각에 발목 잡혀 질질 짜기보다는, 단순하게 훅 털어버리고 노래를 흥얼거리며 목적지까지 가는 방식으로 말이다.

다만, 아무래도 욕은 줄이긴 해야겠다. 혹여나 사고라도 나서 블랙박스를 공개해야 하는 순간이 온다면? 언젠가 '한문철 TV'에 내가 제보할 일이 생긴다면? 헉, 생각만 해도 아찔하다.

**이혼 이후 알게 된
진짜 나를 기르는 법**

　　언제부턴가 영상을 볼 때 1.75배속으로 본다. 게다가 한 손은 키보드의 오른쪽 화살표 위에 올라가 있다. 조금이라도 영상에서 지루함이 느껴지면 '10초 뒤'를 눌러야 하기 때문이다. 시청하는 영상의 길이도 점점 짧아지고 있다. 1시간, 30분, 10분…. 그러다 보니 러닝타임이 긴 콘텐츠에는 손이 가지 않는다. 50분짜리 텔레비전 프로그램 하나도 진득하게 보지 못하고 핸드폰을 들었다 놨다 한다. 몇 주를 걸쳐서 봐야 하는 드라마? 엄두도 나지 않는다. 마지막으로 본 드라마가 2013년에 방영한 〈별에서 온 그대〉였나? 2시간짜리 영화는 말할 것도 없다. 하다 하다 이제는 숏츠 영상에도 배속 버튼이 없나 찾는다.

　　이 지경이 되자 나는 처참해진 집중력을 끌어올릴 때가 되었음을 느낀다. 나는 오늘 배속, 건너뛰기, 핸드폰 없이 정속(定速)으로 영화 한 편을 끝까지 볼 것이다!

그러나 무슨 영화를 볼지 뒤적이는 데 벌써 집중력을 거의 다 써버렸다. 영화를 골랐는데 기호에 맞지 않으면 보다가 분명 하차하게 될 것이다. 그래서 안전하게 내가 가장 좋아하는 영화, 수백 번은 돌려본 그 영화, 이와이 슌지 감독의 〈러브레터〉를 보기로 한다. 가장 좋아하는 영화임에도 불구하고 2시간짜리 영화를 혼자 끝까지 볼 자신은 없어서 펜을 들었다. 함께 영화를 본다는 마음으로 이 글을 쓰면서 봐야지! 우리 함께 봐요, 〈러브레터〉.

영화의 시작, 설산에 누워 숨을 참고 있는 주인공 와타나베 히로코. 그녀는 참았던 숨을 내뱉은 뒤 자리에서 일어나 눈을 털고 산길을 걸어 내려간다. 그리고 그에 맞춰 유키 구라모토가 연주한 〈His Smile〉이 흘러나온다. 역시 휴덕은 있어도 탈덕은 없다고, 벌써부터 벅차오르기 시작한다.

그 설산에서는 후지이 이츠키의 3주년 추도식이 열린다. 히로코는 죽은 이츠키의 약혼녀다. 그래도 시간이 흘러 다들 어느 정도 마음이 안정된 건지 분위기가 그렇

194

이혼 이후 알게 된
진짜 나를 기르는 법

게 슬퍼 보이진 않는다. 이츠키의 아버지는 술판을 벌일 준비를 하고, 어머니는 그 자리를 피해 히로코와 함께 집으로 돌아온다. 그렇게 이츠키의 집으로 온 두 사람. 히로코는 이츠키의 엄마와 이런저런 노가리를 까며 남자의 졸업앨범을 함께 본다. 오, 신기하다. 구예비시어머니와 저렇게 친하게 지낼 수 있다니. 장르가 판타지였나?

아무튼 이츠키의 엄마는 갑자기 히로코에게 케이크를 권한다. 괜찮다던 히로코는 구예비시어머니가 유명한 빵집의 케이크라고 하자 바로 마음을 바꾼다. 어머니는 케이크를 준비하기 위해 자리를 뜬다. 이때 준비한 케이크가 그저 그런 빵집의 케이크였으면 이 영화의 이야기는 이어지지 않았을 것이다. 왜냐, 입맛이 고급진 히로코가 케이크를 먹겠다고 해야 어머니가 자리를 비울 테고, 혼자 졸업앨범을 마저 보던 히로코가 약혼자의 옛주소를 발견하고 편지를 보내야만 〈러브레터〉 이야기가 흘러가기 때문이다.

히로코는 졸업앨범에서 찾은 이츠키의 주소를 손목에 옮겨 적고 화면은 오타루라는 지역의 한 집으로 넘어간다. 콜록콜록 기침을 하는 여자가 침대에서 일어난다.

근데 이 여자, 얼굴이 히로코와 똑같다! 당연히 똑같을 수밖에. 히로코 역의 배우 나카야마 미호가 1인 2역을 했기 때문이다. 헷갈리지 않도록 조심하자! 고베의 나카야마 미호는 '히로코', 오타루의 나카야마 미호는 '후지이 이츠키'다. 엇? 이름이 뭐라고요? 후지이 이츠키? 죽은 약혼남과 같은 이름? 벌써부터 흔해 빠진 이야기가 전개될 느낌이 딱 든다.

히로코는 손목에 옮겨 적은 주소로 잘 지내냐는 내용의 편지를 부친다. 어머니의 말에 따르면 그 집이 있던 터는 이미 국도로 바뀌었다고 하니 이 편지는 누구도 받을 수 없을 것이다. 하지만 편지는 전해진다. 누구에게? 당연히 콜록콜록 오타루의 이츠키에게. 편지를 받은 이츠키는 히로코가 누구인지도 모르면서 일단 답장을 보낸다. 잘 지내고 있다고.

죽은 사람에게서 답장이 오다니! 히로코 입장에서는 놀라운 일이다. 그래서 그 이야기를 약혼남의 선배인 아키바에게 얘기한다. 나는 이 아키바가 마음에 들지 않는다. 그 이유는… 뭐 그냥… 외형적인 부분이… 내 스타일이 아닌… 그렇다. 나는 얼빠다.

아무튼 외모는 좀 떨어지지만, 눈치는 빠른 아키바

**이혼 이후 알게 된
진짜 나를 기르는 법**

는 히로코가 아직 이츠키에게 미련이 있음을 알아챈다. 그럼 그냥 그렇구나 하면 될 것을 아키바는 갑자기 사심이 넘쳐가지고 헛소리를 한다. 이츠키 산소에 성묘를 가서 히로코와 결혼하게 해달라고 소원을 빌었단다. 그러더니 히로코에게 이제 이츠키를 자유롭게 해주란다. 예? 대체 이게 무슨 소리세요, 선배님? 이미 죽은 사람이 그이상 어떻게 더 자유로워질 수 있나요? 그리고 결혼이라니요? 의리는 어디다 팔아먹은 거죠?

다행히 히로코는 아키바의 말을 귓등으로 듣고 편지 보내기를 멈추지 않는다. 그리고 계속되는 편지에 이츠키는 히로코가 누군지 궁금해 답장을 보낸다. '당신은 대체 누구세요?' 이에 아키바는 지가 뭐라고 히로코 몰래 이츠키에게 답장을 보낸다. 당신이 후지이 이츠키라면 증거를 보내주라고.

물어본 답에 대답도 없이 대뜸 증거를 보내라니! 이츠키는 이 편지에 무례함을 느끼고 신분증 사본을 보내면서 자신의 존재를 증명한 뒤 더 이상 편지를 보내지 말라는 답장을 보낸다. 이 사실을 알게 된 히로코의 마음은 당연히 와르르!

하지만 역시 미운 놈이 미운 짓을 한다고 아키바는 상심한 히로코에게 미안하다는 말은 못할망정 그러게 왜 편지를 보냈냐고 성질을 부린다. 아니, 그러는 당신은 왜 보내셨어요⋯. 이 똘빡아!

똘빡은 갑자기 그녀와 이츠키의 첫만남에 대해 얘기한다. 알고 보니 히로코와 아키바는 이츠키보다 더 먼저 알고 지내던 사이였고 아키바가 이츠키를 히로코에게 소개해준 것이다. 이츠키가 여자에게 관심이 없어서 마음 놓고 소개시켜준 것 같은데, 그가 돌연 히로코에게 고백을 해버리면서 둘이 만나게 되었단다.

아키바는 먼저 히로코를 꼬시지 않은 자신을 탓한다. 만약 먼저 꼬셨다면 지금 상황은 달라졌을 거라고 되지도 않는 망상을 하면서. 하, 진짜 선배⋯ 그 망상 넣어둬요. 선배는 이츠키하고 그림체가 달라요. 히로코는 얼빠예요. 제가 알아요. 얼빠는 얼빠를 알아보는 법이거든요⋯. 아무튼 그래도 아키바는 양심은 있는지 히로코의 마음을 완전히 무시하지는 않고 오타루에 가보자고 제안한다.

오타루에 가니 모든 것이 명확해진다. 남자 이츠키

**이혼 이후 알게 된
진짜 나를 기르는 법**

의 집은 국도로 바뀐 게 맞았고, 자신이 주소록에서 찾은 주소는 동명이인인 여자 이츠키의 집 주소였음이. 히로코는 이 사실을 적은 편지를 이츠키에게 보낸다. 행방불명이 된 그리운 애인 이츠키에게 보낸 편지였는데 그와 같은 이름인 그녀에게 잘못 보내졌다고. 죄송하다고.

그 편지를 받은 이츠키는 똑같은 이름이라는 대목에서 중학교 시절 같은 반이었던 남자 이츠키를 바로 떠올리고 네가 찾던 그 이츠키가 이 이츠키냐는 내용을 적은 편지를 부치러 나간다. 그리고 히로코는 편지를 부치는 그녀를 우연히 보게 되고 본능적으로 그 여자가 이츠키임을 알아본다. 나와 얼굴이 똑같이 생긴, 죽은 약혼자와 이름이 같은 사람. 이츠키를 알아본 히로코의 작은 눈동자에 설명할 수 없는 미묘한 감정이 어린다. 쎄하다. 혹시 내가 저 이츠키의 대타…?

고베로 돌아간 히로코는 다시 졸업앨범을 살펴보고 확신하게 된다. 역시 나는 대타였구나. 어릴 땐 몰랐는데 지금 와서 영화를 다시 보니 히로코의 마음에 감정이 이입된다. 나의 첫사랑 이츠키가 알고 보니 미친놈이었다. 이츠키, 사람을 가지고 놀아? 이거 진짜 안 될 놈이네? 그냥 죽어라! 앗, 벌써 죽었지?

히로코는 남자 이츠키에게 배신감을 느낀다. 첫눈에 반했다더니 다 이유가 있던 거였다. 감히 나를 기만하다니. 분신사바라도 해서 소환한 뒤 욕을 해도 모자랄 지경이지만 히로코는 미련을 떨쳐내지 못한다. 대체 왜? 싶겠지만 이츠키의 얼굴을 보면 미련을 떨치지 못하는 히로코의 마음이 이해가 될 것이다. 잊지 말자. 얼굴이 개연성이다.

아무튼 미련이 철철 넘치는 히로코는 여전히 죽은 약혼남이 궁금하고, 여자 이츠키에게 과거의 그에 대해 기억나는 게 있다면 말해달라고 부탁한다. 그리고 이츠키가 기억을 더듬는 과정, 과거를 회상하는 장면들이 이 영화의 하이라이트다. 나는 이 회상 장면들을 정말 정말 저어어엉말 좋아한다. 거짓말 안 하고 500번은 넘게 돌려봤을 것이다. 그리고 여기서 나는 깨달은 것이 있다. 외국어는 그냥 듣기만 한다고 귀가 뚫리지 않는다는 것을. 이런 뜬금없는 생각이 치고 올라오는 걸 보니 벌써 집중력이 간당간당해지나 보다.

다시 영화로 돌아가자면, 이츠키는 과거를 떠올리며 같은 이름 때문에 놀림을 많이 받아 속상했다고 한다. 이

**이혼 이후 알게 된
진짜 나를 기르는 법**

름이 같은 게 뭐 놀릴 거리나 된다고 저러나 싶지만 앞에서 말했다시피 얼굴이 개연성이다. 두 주인공이 그럭저럭 생겼으면 그냥 남츠키, 여츠키로 구분하고 말았을 일이지만, 솔직히 둘이 너무 잘 어울린다. 거기에 3년 내내 같은 반이라는 설정까지 더해져 학급 친구들이 단체로 망붕렌즈를 낄 만하다. 나도 함께 망붕렌즈를 끼고 마음속으로 외쳤다. 결혼해!(짝) 결혼해!(짝)

나와 한마음 한뜻이던 이츠키의 반 친구들은 결혼을 시킬 수는 없으니 대신 둘을 도서 반장으로 선출시켜버린다. 그리고 그때부터 당사자는 괴롭다고 했지만 보는 사람은 입꼬리가 내려오지 않는 그들의 학창 시절 에피소드와 명장면들이 쏟아진다.

아마 〈러브레터〉를 보지 않은 사람도 하얀 커튼이 펄럭이는 창가에서 책을 읽는 남자 이츠키는 본 적이 있을 것이다. 훗, 벌써 재밌다. 그리고 그 모습을 현장에서 직관하는 여자 이츠키의 미묘한 표정에 나는 흐뭇함을 느끼며 아저씨처럼 껄껄 웃는다. 얘들아, 너네 즐거운 학창 시절 보내는구나! 이모는 지금 부러워서 운다.

곧이어 기말고사 시험지 에피소드도 나온다. 같은 이름 때문에 서로의 시험지가 뒤바뀌어버린 것! 영어 시험지를 돌려받기 위해 여자 이츠키는 자전거 보관소에서 남자 이츠키를 기다리고, 남자 이츠키는 대체 학교에서 뭘 하고 다니는 건지 깜깜해져서야 주차장에 나타난다. 여자 이츠키는 시험지 교환을 요구하지만 남자 이츠키는 어두워서 잘 안 보인단다. 뭔 소리야. 시험지 받았을 때 이미 알았을 텐데! 어디서 수작이람? 말은 이렇게 했지만 나는 남자 이츠키의 발칙한 개수작에 지금 엄청나게 쪼개고 있다.

　남자 이츠키는 시험지를 한참이나 들여다본다. 그래, 좋아하는 사람이랑 조금이라도 오래 있고 싶겠지…. 그는 시험지가 바뀐 건 이미 알고 있지만 조금 더 함께하고 싶은 마음에 틀린 답을 맞춰본다. 근데 break의 과거가 broke구나! 하고 깨닫는 모습을 보아하니 공부를 좀 하긴 해야겠다. 내가 친절하게 가르쳐줄 수 있는데…. 불규칙 변화는 헷갈릴 수 있어~ 암, 암. break의 과거는 broke고 과거분사는 broken이란다! 하고 선생님 모드가 된 나는 갑자기 내가 가르치는 학생이 떠올랐다. 엊그제 그 친구가 break의 과거를 breaked라고 썼을 때는 불같이 화를 내며 이딴 식으로 할 거면 수업 때려치우라고 했었는데…. 잠시 머쓱해졌지만, 다시 화면 속으로 빠져

**이혼 이후 알게 된
진짜 나를 기르는 법**

들어간다. 아무래도 나도 남자 이츠키의 수작에 넘어간 듯하다.

1.75배속과 건너뛰기가 없는 영상 속 세상은 들여다볼 것이 많다. 스치는 눈빛 하나, 알아채기 어렵게 떨리는 목소리, 순간의 정적 들은 정속에서 은은하게 드러났다. 배속의 영상에서 매끈하게 덩어리로 존재하던 기쁨과 슬픔 같은 감정들이 정속에서는 잘게 부서져 그 끝이 날카로워진다. 그런 감정들이 마음을 스치고 지나가면 쉽게 처리할 수 없는 여운으로 오래도록 남는다. 평소보다 아주 살짝 더 크게 뜬 배우의 눈이나 찰나의 입꼬리 같은 것에 걸려 넘어진 나는 며칠째 여운이 가시지 않아 아직도 마음이 저릿저릿하다. 이제 다시 1.75배속 없이 영화를 볼 수 있을 것 같다.

후방에
있습니다
미끄럼방지턱이

엄마의 마음을 이해하지 못하는 건 아니다. 빠듯한 살림에 자식은 셋이다. 다행히 큰딸은 영어를 꽤 잘한다. 그렇다면 그 큰딸에게 약간의 용돈을 주고 막둥이를 가르치라고 한다면? 용돈으로 적당히 사교육비를 퉁칠 수 있는 괜찮은 아이디어다.

하지만 엄마는 큰딸이 영어는 잘하지만, 아직 제대로 된 인성을 갖추지 못했다는 사실을 간과했고, 날 것 그대로의 언니를 내 앞에 앉히는 실수를 저질렀다. 나와 언니는 이 일이 서로에게 좋지 못한 일이 될 것임을 직감했다. 하지만 우리는 엄마의 말을 거역할 수 없었고 첫

이혼 이후 알게 된
진짜 나를 기르는 법

수업이 시작되었다.

'아무래도 느낌이 좋지 않아.' 나는 죽상을 한 채 책상에 앉아 있었고, 언니도 감정을 숨기는 법을 좀체 배우지 못했던 터라 아니, 배웠더라도 그런 고급 사회생활 기술을 동생 앞에서 쓸 필요를 느끼지 못해, 싫은 티를 있는 대로 없는 대로 다 내며 자리에 앉았다. 그리고 다짜고짜 시험지를 내밀었다. "풀어!"

'이렇게 갑자기요? 아니, 뭘 알아야 풀죠…. 제가 아는 건 알파벳뿐인데요?' 하지만 당시 언니는 문제가 생기면 대화보다는 주먹으로 해결하는 방식을 선호했기 때문에 나는 딱히 뭐라 대꾸도 하지 못한 채 열심히 답을 찍었다.

'문제는 뭐 이리 많은 거야. 근데 어쩜 이 많은 문제 중에 아는 문제가 이렇게도 없을 수가 있지? 뭐, 그럴 수도 있지. 술술 풀 수 있으면 애초에 과외를 왜 받아. 모르겠다. 일단 그냥 내자!' 나는 쭈뼛거리며 시험지를 제출했고 언니는 빨간 색연필로 보란 듯이 좍좍 틀린 표시를 해가며 입을 열었다.

　"야, 이걸 틀리냐? (좍) 이야, 이렇게 틀릴 거면서 문제는 왜 풀었냐? 시간 아깝게! (좍) 너 학교는 왜 다니냐? (좍) 머리는 장식이냐? (좍) 와, 이거이거 진짜 답이 없네? (좍) 와, 너 놀랍다! 놀라워! (좍) 너 진짜 이렇게 무식해서 앞으로 어떻게 살려고?"

　언니는 작대기 하나를 그을 때마다 창의적으로 새로운 악담을 퍼부어댔고 마지막 문제까지 채점을 끝낸 뒤, 정도껏 무식해야 뭘 가르치든지 말든지 하지, 너무 무식해서 안 되겠다며 수업을 할 수 없겠다는 의사를 전했다. 나 역시도 언니가 선생님으로서의 자질이 없어도 너무 없다며 이하 동문임을 밝혔고 그 첫 수업을 마지막으로 우리의 과외는 끝이 났다.
　언니가 쓸고 간 자리는 황폐했다. 그 수업이 아니었다면 나도 이렇게까지 영어가 싫어지진 않았을 텐데 영어가 뭐라고 내가 이런 수모까지 겪어야 하는지, 안 그래도 싫은 영어가 더 싫어졌다. 어차피 난 한국에서 평생 살 거니 영어 그까짓 거 몰라도 크게 상관없을 것이다.

**이혼 이후 알게 된
진짜 나를 기르는 법**

예…. 이건 어리석은 생각입니다! 하지만 청소년의 패기로 나는 결단력 있게 영어를 포기했고 중학교 3년, 고등학교 3년, 총 6년간 대쪽 같은 결연함으로 그 결심을 하루도 빠짐없이 지켜버렸다. 그러지 말았어야 했는데.

이 영어라는 놈은 한국에서만 살 생각인 나를 계속해서 따라왔다. 한국에서 학교를 다니는데 필수로 들어야 하는 영어 수업이 있고, 한국 회사에 다니려는데 필수로 제출해야 하는 영어 성적이 있단다. 그냥 면접도 떨려 죽겠는데 그 와중에 영어 면접은 전형의 어딘가에 항상 끼어 있었고, 그게 싫어서 공무원 시험을 볼까 싶었지만 이것도 영어 시험을 봐야 한단다.

이렇게 뭐라도 해볼까 싶을 때면 영어는 어김없이 턱하고 내 앞을 가로막았다. 후, 영어. 진짜 한결같이 재수 없는 놈. 피할 수도 없어서 더 재수 없는 놈. 이제라도 하긴 해야 한다. 하지만 무식해도 너무 무식하다는 언니의 말을 들었던 날부터 영어는 깔끔하게 놓고 살았으니 나는 여전히 무식해도 너무 무식한 상태였다. 이 상태로는 내가 갈 수 있는 학원도 없을 것이다. 내 수준에 맞는 반이 있기나 할까?

울며 겨자 먹기로 독학을 선택했다. 문법과 단어, 토익책을 사서 주어, 동사부터 시작했다. 이해 안 되는 것 투성이였다. 그 말이 그 말 같은데 시제는 뭐 이렇게 복잡하게 사용하는 건지. 시작부터 턱 막힌다. 겨우겨우 시제를 넘어가니 능동·수동에서 턱, 전치사에서 턱, 관사에서 턱, 대체 왜 셀 수 있고 없고를 나누고 앉아 있는 건지 이해하고 싶지도 않은 명사에서 턱! 한 단원 한 단원 공부할 때마다 숨이 턱턱 막혔다. 책은 얼음처럼 얼어붙은 마음속 감수성을 깨는 도끼라던데, 영어책은 돌처럼 굳어버린 머리를 내리찍는 도끼였을까?

나아가는 듯싶다가도 새로운 턱에 고꾸라지고 또 새로운 턱을 넘어가는 골때리는 시간을 반복하다 보니 다행히 취업을 준비해야 할 때쯤엔 적어도 영어 때문에 전형에서 탈락할 일은 없을 정도의 수준은 갖게 되었다. 그래서 취업에 성공했냐 하면… 주르륵 주르륵 신나게 미끄러졌다. 어? 하고 정신을 차려보니 벌써 상반기는 다 끝났단다. 절망! 계좌도 비었다. 진짜 절망! 취업은 날아갔고, 돈은 없고, 할 줄 아는 것도 없다. 어머, 나 진짜 어떡하지?

이 정도 상황이면 저 바닥까지 주욱 미끄러져 진창에 빠지는 건 시간문제다. 모르겠다. 차라리 우울에 빠져 현실을 도피하는 편이 나을지도 모르겠다. 가족 구성원 여러분, 제발 저를 불쌍히 여기시어 먹여 살려주소서! 그렇게 버티고 있던 힘을 풀고 그냥 이대로 쭉 미끄러지려는데 뭐야, 속도가 나지 않는다. 발꿈치에 뭔가 버티고 서 있는 느낌이 든다. 그간 숨을 턱턱 막히게 굴던 재수 없는 영어가 미끄럼방지턱마냥 나를 멈춰서게 했다.

'야! 더 미끄러지지 마. 할 수 있는 게 왜 없어? 여기서부터 다시 시작해!'

취업 준비를 하는 동안 아는 후배의 토익 시험 준비를 도와준 적이 있었는데 그가 했던 말이 생각났다. "누나는 취업 안 되면 나처럼 영어 못하는 사람 가르치면서 살면 되겠다!" 그렇게 학생들 앞에 섰다. 나를 이해시킨 방법으로 아이들을 이해시키는 일을 하며 다시 취업 준비할 자금을 모았다.

시간이 지나 원하던 회사는 아니었지만 어찌어찌 취업을 하고(어학 점수 덕분에 급여도 조금 더 올려 받았다), 몸이 안 좋아져 퇴사를 하고, 요양한답시고 백수 생활을 하며 모아둔 돈을 쓰고, 돈이 다 떨어져서 불안을 느끼고, 다시 수업을 하고, 취업을 하고, 결혼을 하고, 이혼을 하고, 깊이 절망하고, 잠시 방구석에 처박혀 있다가, 다시 학생을 구하고, 수업을 준비하러 도서관으로 향한 뒤 책을 폈다. 눈앞에 놓인 긴 문장에 본능적으로 거부감이 든다. 하기 싫어 몸이 비비 꼬이지만 펜을 든다. 작대기를 긋고 괄호를 치며 구문 분석을 하고, 돌아서면 잊어버릴 단어를 쓰고 외운다.

어쩜 이렇게 일관되게 계속 싫어할 수 있는지 모르겠지만 나는 여전히 영어가 싫고 무지하게 재미없다. 하지만 한국어가 영어만큼 널리 쓰이길 바라며 호시탐탐 영어와의 손절을 기대하면서도 절망스러운 상황에서 영어가 항상 손을 내밀었다는 걸 인정하지 않을 수 없다. 그래서 오늘도 분명 전에 외웠지만, 기억이 안 나는 단어를 찾아 사전을 뒤지며 지루한 시간을 참는다. 언제 또 미끄러질지 모르는 미래의 어떤 날을 위해 미끄럼방지턱을 조금 더 튼튼하게 보강 공사한다는 마음으로.

이혼 이후 알게 된
진짜 나를 기르는 법

배움이 어중되면 어렴풋한 지식의 빈자리를 어스름한 예측이 대신하게 된다. 다시 말하자면 그럴싸한 헛소리를 한다는 말이다. 감수성이라는 단어가 나에게는 이런 단어다. 아는 것 반, 때려 맞추는 것 반. 나는 꽤 오랫동안 감수성이라는 단어의 수가 물 수(水) 자라고 생각했다. 감수성, 물을 느끼는 성질. 이게 뭔 소리람 싶겠지만 내가 이렇게 생각한 데에는 나름의 타당한 이유가 있다.

감수성이 부족할 때 '메마른' 감수성이라고 하는 것은 물론이고, 감수성이 가득할 때는 마음이 '촉촉해졌다'와 같이 물의 성질을 빌어 표현한다. 거기에 감수성이 짙어지는 시간도 태양이 내리쬐는 낮 시간이 아닌, 이슬이 맺히는 새벽이라는 점도 水 자의 근거가 된다. (되겠지?)

또한 '화난다'고 말할 때 그 화는 당연하게도 불 화

(火) 자를 쓰며, 초조하고 불안할 때면 마음이 까맣게 타들어간다는 표현을 쓰기도 하니, 화가 火라면 감수성의 수가 水가 되지 않을 이유가 없다!고 감수성의 수가 받아들일 수(受) 자라는 걸 알게 된 날, 나는 쪽팔림을 무마하기 위해 구질구질하게 변명을 날렸다.

그러나 감수성의 수가 水든 受든, 나는 실제로 화가 나거나 속상한 일이 많을 때면 속이 타들어가면서 마음이 메마른다. 퍼석한 마음을 지닌 이때의 나는 세상 누구보다 비관적이고, 왕재수에, 생각하는 꼬라지가 말이 아니며, 입이 거칠다. 줄여 말하면 회사에서의 내 모습이다.

차를 할부로 지름으로써 죽이 되든 밥이 되든 회사 생활을 버텨야 하는 상황에 놓인 그때, 하필 내 직장생활이 수렁에 빠졌다. 버거운 업무도 업무였지만, 이해관계가 상충하는 부서 간, 그리고 개개인의 갈등이 갑자기 빵! 하고 터지고 말았던 것이다.

살면서 회사 직원들끼리 쌈박질하고 고소장을 날리는 모습을 본 적 있으신지? 나는 봤다. 마음 같아서는 "하이고, 다 같은 월급쟁이들끼리 왜 그러세요"라고 말

**이혼 이후 알게 된
진짜 나를 기르는 법**

결혼생활 중

현실 도피

하고 싶었지만, 나는 다 같은 월급쟁이 중 가장 낮은 위치에 놓인 신입이었기 때문에 감히 입도 뻥끗 못하고 여기저기 불려 다니며 화풀이 혹은 한풀이의 대상이 되기 바빴다.

　　화풀이든 한풀이든 어느 쪽이 되었든 간에 이런 일이 생길 때마다 나의 속은 새까맣게 타들어갔는데, 마른 마음에 계속해서 던져진 불씨가 번지고 번지다 결국 나의 마음을 완전히 전소시켜버렸다. 바싹 말라버린 마음을 따라 생각과 말이 거칠어진 나는 "아, 남의 돈 벌어먹기 조홀라 힘드네"와 같은 말을 서슴없이 반복하며, 할부금을 다 갚을 날만을 손꼽아 기다렸다. 후, 진짜 조금만 더 땡기고 뜬다, 이 바닥!

　　1960년대, 인도네시아 자바섬의 한 산촌에 크게 산불이 나면서 호수와 강물이 말라버리는 일이 발생한다. 수원이 고갈되자 가뭄이 기승을 부렸고, 마른 땅엔 산불이 계속되면서 이 마을은 불모지가 되어버린다. 하지만 이때 마을의 한 농부가 팔을 걷고 나무를 심기 시작했다. 마을 사람들의 조롱을 뒤로한 채 홀로 묵묵히, 그것도 무려 20년 동안.

이혼 이후 알게 된
진짜 나를 기르는 법

그렇게 그가 심은 나무는 만 천 그루가 되었고, 숲이 우거지며 여기저기서 샘이 솟아나기 시작했다. 해마다 시달렸던 가뭄도 어느새 자취를 감추고, 물이 흐르기 시작하자 불모의 땅도 다시 숨을 쉬기 시작해 이제는 마을의 살림살이도 풍족해졌단다.

　이렇게 땅에 불이 나 물이 마를 때와 마찬가지로 마음에 불이 나 마음의 물이 말라버리는 것 역시 큰 재난과 다를 바 없다. 마음의 물이 말라버리면 얼른 팔을 걸어붙이고 다시 물길을 끌어올 수 있게 이러나저러나 나무를 심어야 한다. 마음에 심을 수 있는 나무, 나는 책을 읽기 시작했다.

　그전까지만 해도 나는 책과 거리가 멀었다. 분기에 한두 권이나 제대로 읽었을까? 아무튼 1년에 10권도 읽지 않는 해가 대부분이었는데 그 재난 같던 시기에는 회사를 다니면서도 한 달 평균 20권 가량의 책을 읽어댔다. 책에 빠져 있는 동안은 현실을 잊을 수 있어 좋았고, 작가들이 심어놓은 문장과 행간을 빨빨 누비며 좋은 문장을 모으는 게 재밌었다.

　책 속의 문장은 사무실에서 열받을 때마다 갈겨 쓴,

일기인지 데스노트인지 구분이 모호한 나의 일기장에 싸지른 거친 말들과는 결이 달랐다. 나는 내가 쓴 날 것의 문장들 아래에 작가의 코멘트를 달기 시작했다.

미친 팀장놈. 말 한마디에 꽂혀서 여러 사람 피곤하게 만드네. 으~ 단단히 돌아버린 놈!!

상사가 말꼬투리를 잡으면서 야단법석을 떤 날 좍좍 갈겨 쓴 글 밑에는 정돈된 글씨로 고 노무현 대통령님의 말씀을 달았다.

천 마디의 말 가운데 쓰레기 같은 말 하나 했다고 그 쓰레기만 주워 담은 신문은 쓰레기통 아니냐.

이렇게 교양 있을 수가. 고객에게서 성희롱을 들었던 날, 그의 대가리를 깨고 싶다고 쓴 글 아래에는 『세상이 잠든 동안』 중 「100달러짜리 키스」(커트 보니것, 이원열 옮김, 문학동네, 2018)에서 찾은 문장을 적었다.

A: 몇 년 지나니 짜증이 나기 시작했습니다.

**이혼 이후 알게 된
진짜 나를 기르는 법**

Q: 어째서죠?

A: 지독히도 형편없는 가치관이 드러나니까요.

그러고 나서 지독히도 형편없는 나의 가치관에 밑줄을 벅벅 그었다. 그래, 대가리를 깨지 않아도 충분히 불쾌함을 나타낼 수 있구나! 다음은 상사에게 단체로 깨진 날, 그의 험악한 표정을 보며 썼던 글이다.

알고는 있었지만 새삼 다시 느낀다. 팀장놈 인상 한번 진짜 드럽게 드럽네.

얼굴 근육을 몇 개 움직이지 않으면서 온도를 뚝 떨어뜨리는 표정

—『피프티 피플』(정세랑, 창비, 2021)

아무래도 내가 하고 싶은 말은 후자였던 것 같다. 차분한 어조도 마음에 든다.

뾰족했던 연필심이 사각사각 소리를 내며 뭉툭해지는 동안 다 찔러버릴 기세로 뾰족했던 마음도 조금씩 뭉

툭해졌다. 연필로 쓴 문장들은 사막처럼 말라버린 마음에 묘목처럼 심겼다. 아직 물길을 끌어오기엔 터무니없었지만, 자고 일어나면 이슬 정도는 맺힐 수 있을 묘목.

그렇게 책을 읽고, 문장을 모아 나의 거친 생각에 댓글을 다는 행위는 6년째 나의 취미 생활이 되었다. 이만하면 나의 마음도 조금은 푸르러졌나 싶겠지만 아쉽게도 초록이 좀 보이나 싶을 때면 결혼생활이나 시집살이 같은 엄청난 재난을 겪으며 다시 불모의 땅으로 돌아가기도 했고, 이상했던 상사나 시가 식구들보다 더 노답인 내가 지른 셀프 방화의 흔적을 복구하느라 여념이 없다.

최근 나의 일기장에 단골로 등장하는 내용은 내가 한 말과 약속을 지키지 못해놓고 어쩔 수 없었다며 대충 무마하는 양심 없는 글이 종종 등장하는데, 그런 일기를 쓰고 나면 그 밑에 『비거닝』(이라영 외 10인, 동녘, 2020)에서 찾은 문장 [입은 쉽게 경솔해지고 모순을 실천하는 신체다. 타인에게는 엄하면서 나 자신에게는 대충 관대해지는 신체가 입이다.]를 적는다. 10번도 넘게 적어서 이제는 외워버렸다.

두 번째로 지분을 차지하는 내용은 '로또 언제 되냐?'와 함께 '다 때려치우고 흥청망청 살겠다!'는 되도 않

**이혼 이후 알게 된
진짜 나를 기르는 법**

는 결심인데 그럴 때면 『피그말리온』(조지 버나드 쇼, 김소임 옮김, 열린책들, 2011)의 글로 회초리를 든다.

> 네가 내 삶의 방식의 냉정함과 그 긴장을 견딜 수 없다면 시궁창으로 돌아가거라. 가서 네가 인간이 아니라 짐승이 될 때까지 일을 해. 그리고 잠이 들 때까지 껴안고, 다투고, 술을 마셔. 좋은 생활이지. 시궁창의 생활이야. 진국이지. 따뜻하고 격렬한 생활이지. 둔해 빠져도 느낄 수 있는 삶이야. 어떤 훈련이나 연구 없이도, 맛보고 냄새를 맡을 수 있지. 과학, 문학, 고전음악이나 철학, 예술과는 다르게 말이야. (…) 네가 가진 것을 고마워할 수 없다면, 네가 감사할 수 있는 걸 갖는 게 낫겠지.

아야! 적당히 좀 때리세요! 하면서도 정신을 차린다. 조… 좋은 회초리질이었다!

불탄 자바섬의 마을에 숲이 우거지고 샘이 솟기까지는 20년의 시간이 들었다고 한다. 그에 비하면 나는 아직도 한참 멀었다. 20년간 계속해서 마음에 심을 묘목을 구하기 위해 매일의 [나는 근사한 문장을 통째로 쪼아 사탕처처럼 빨아 먹고, 작은 잔에 든 리큐어처럼 홀짝대며 음미한다.
사상이 내 안에 알코올처럼 녹아들 때까지.]

—『너무 시끄러운 고독』(보후밀 흐라발, 이창실 옮김, 문학동네, 2016)

이렇게 20, 30년이 지나면 나의 마음도 울창한 숲을
이루게 될까? 마르지 않는 샘과 강에서 졸졸 물이 흐를
까? 시도 때도 없이 찾아오는 가뭄도 자취를 감출까? 작
은 불씨에도 화르르 타오르기를 거듭하는 것을 멈췄을
까? 지금보다 단정한 생각과 말을 하고 있을까?

훗날 나의 일기에는 이런 내용이 적혀 있었으면 좋
겠다.

나는 맑은 샘물과 고인 물이 가득한 항아리여서 조금만 몸
을 기울여도 근사한 생각의 물줄기가 흘러나온다. 뜻하지 않
게 교양을 쌓게 된 나는 이제 어느 것이 내 생각이고 어느 것
이 책에서 읽은 건지도 명확히 구분할 수 없게 되었다.

—『너무 시끄러운 고독』

**이혼 이후 알게 된
진짜 나를 기르는 법**